少年陰陽師

しょうねん　おんみょうじ

少年陰陽師 貳拾叁

憂愁之波

愁いの波に揺れ惑え

結城光流—著 涂愫芸—譯

重要人物介紹

藤原彰子

左大臣藤原道長家的大千金，擁有強大靈力。基於某些因素，半永久性地寄住在安倍家。

小怪

昌浩的最好搭檔，長相可愛，嘴巴卻很毒，態度也很高傲，面臨危機時便會展露出神將本色。

安倍昌浩

十四歲的菜鳥陰陽師，父親是安倍吉昌，母親是露樹，最討厭的話是「那個晴明的孫子」。

六合

十二神將之一的木將，個性沉默寡言。

紅蓮

十二神將的火將騰蛇，化身成小怪跟著昌浩。

爺爺(安倍晴明)

大陰陽師。會用離魂術回到二十多歲的模樣。

朱雀

十二神將之一的火將，使的是柔和的火焰。與天一是戀人。

天一

十二神將之一的土將，是絕世美女，朱雀暱稱她「天貴」。

勾陣

十二神將之一的土將，通天力量僅次於紅蓮，也是個兇將。

太陰

十二神將之一的風將，擅使龍捲風，個性和嘴巴都很好強。

玄武

十二神將之一的水將，個性沉著、冷靜，聲音高亢，外型像小孩子。

青龍

十二神將之一的木將，從很久以前就敵視紅蓮。他有另一個名字「宵藍」。

天后

十二神將之一的水將，個性溫柔，但有潔癖，厭惡不正當的行為。

白虎

十二神將之一的風將，外表精悍。很會教訓人，太陰最怕他。

風音

道反大神的愛女。以前她曾想殺了晴明，現在則竭盡全力幫助昌浩。

藤原行成

右大弁兼藏人頭，受皇上信賴。他是昌浩的加冠人，與成親是好友。

安倍成親

昌浩的大哥，陰陽寮的曆博士，有位人稱「竹取公主」的美麗妻子。

藤原敏次

陰陽生，在陰陽寮裡是昌浩的前輩，個性認真，做事嚴謹。

平安京
地圖

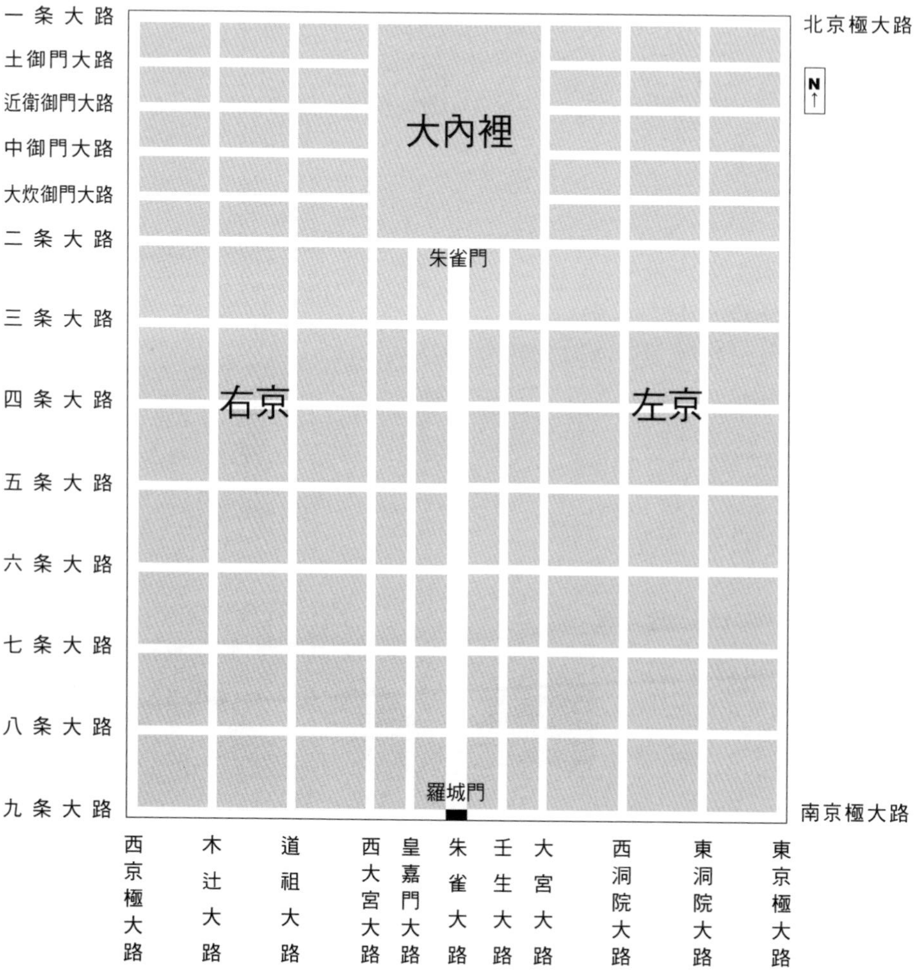
一条大路
土御門大路
近衛御門大路
中御門大路
大炊御門大路
二条大路
三条大路
四条大路
五条大路
六条大路
七条大路
八条大路
九条大路
北京極大路
南京極大路
N
大內裡
朱雀門
右京
左京
羅城門
西京極大路
木辻大路
道祖大路
西大宮大路
皇嘉門大路
朱雀大路
壬生大路
大宮大路
西洞院大路
東洞院大路
東京極大路

既然這場雨是有違天意的雨，
那麼，天意何在？

1

那是伸手不見五指的黑暗。

有個身影無聲無息地出現在飄蕩著壓迫感的黑暗中。

比黑暗更漆黑的身影，緩緩移動著銳利的眼神。

風徐徐地吹著。

這裡是陽光照不到的地方，空氣卻不顯得混濁，因為有風在流動。

那是帶著微熱的風。

他順著風往前走。

微弱的腳步聲在黑暗中回響。

在沒有光亮的世界裡，他卻走得四平八穩。

沒多久，他停下了腳步。

風繼續吹著。

由下往上移動的氣流吹動了不到肩膀的頭髮。

披在肩上的衣服，被風吹得鼓脹翻騰。

他把啪吵啪吵作響的衣服撇到身後，皺起了眉頭。
「地在動……」
低沉的聲音中帶著嚴酷感。
有什麼觸動了他的直覺，告訴他這是警訊。
風由下往上吹拂，他俯瞰著這片黑暗，憂慮地眯起了眼睛。
有徵兆顯示人界將發生異狀。
被稱為「當代第一」的老人是否會察覺呢？
「最好是會察覺……如果沒有察覺，就證明他老了。」
他在黑暗中環抱雙臂，把手指按在嘴唇上，低聲嘟囔著：
「與人類命運相關的事，都沒有條理可循……」
但不只是人，還關係到這個國家的存亡，可不能光說沒有條理可循就放手不管。
思考了好一會後，他轉身離去。
風繼續吹著。
那身影倏地消失在黑暗中。

✦ ✦ ✦

在矮桌上寫著字的昌浩忽然抬起了頭。

「怎麼了？昌浩。」縮成一團的小怪挺起上身，歪著頭問，然後舉起腳搭在矮桌上，看著寫滿了半張的紙。

「喲，字寫得愈來愈能看了呢！每天寫果然有進步。」

小怪難得說稱讚的話，昌浩卻沒有反應。

昌浩向來很在意字寫得漂不漂亮，每次都很努力地想把字寫好，字跡卻總是無法盡如人意。不過，寫得比剛進陰陽寮時漂亮多了。

小怪疑惑地抬頭看著昌浩說：

「喂，你有沒有在聽啊？」

昌浩凝視著東方天際，手上的毛筆沾滿了墨汁，啪答滴落下來，在剛寫完的一堆字上形成大黑點，破壞了整張紙的畫面。

「啊，你這張要重寫了吧？喂，昌浩！」

小怪連叫好幾聲，又戳戳昌浩的手臂，昌浩才回過神來望向它。

「啊，對不起，什麼事？」

「不要發呆嘛！難得我稱讚了你。」

小怪邊嘀嘀咕咕地埋怨，邊直直指向紙張，昌浩一看，眼珠差點掉下來。

「啊啊啊啊！枉費我寫了這麼多……」

紙張上有無數的墨汁黑點，這下得重寫了。

昌浩低聲慘叫著，放下毛筆，把紙揉成了一團。

小怪半瞇起眼睛，滿臉疑惑地問：

「昌浩，你怎麼了？有什麼心事嗎？」

昌浩準備好新的紙張，重新握起毛筆，嘆了一口氣。

「呃……沒什麼，就只是發呆。」

「哦？」

就算寫得再用心，還是寫不端正，昌浩又放下筆，做了個深呼吸。

心亂，字跡就亂。這是要長久保存的文件，所以要儘可能寫得整齊、漂亮。

因為寫得太緊張，肩膀都僵硬了。昌浩在背後交握雙手，扭動肩膀，響起微弱的咔咔聲，覺得緊繃的肌肉好像放鬆了一些。

「公主不知道怎麼樣了。」

昨晚沒能見到她本人，不知道精神是不是好些了。

「希望有風音在，真的不會有事。」

「她都說不會有事了，應該就不會有事吧？何況六合也在。」

「話是沒錯，可是……」

昌浩不禁還是要想：有風音在，真的就不會有事嗎？

畢竟，風音曾經利用內親王①脩子鑿開了黃泉的瘴穴。他擔心的不是風音本身會怎麼樣，而是脩子會是什麼心情？

脩子究竟知不知道，風音就是利用了自己的犯人？

這句話一說出口，小怪的臉色就沉了下來。

看到它的臉色，昌浩有點擔心自己說錯了話，但沒告訴小怪。

瘴穴裡發生的事，昌浩和小怪都是聽別人說的，沒有看到現場，所以也不知道風音與脩子之間有過怎麼樣的接觸、怎麼樣的情感交流。

但是，昌浩又不敢開口問，因為他覺得那是挖人瘡疤的行為。

小怪很乾脆地對這麼想的昌浩說：

「這我就不知道了，如果你擔心那種事，直接問風音最快吧？」

「你說得沒錯，可是，小怪，你覺得那樣好嗎？」

小怪甩甩尾巴說：

「沒什麼好不好，我只是在講事實而已。」

滿不在乎的小怪忽然抿嘴一笑，又接著說：

「不錯哦！會注意到那種小細節，晴明的孫子。」

「不要叫我孫子！」

昌浩立刻揚起眉毛抗議，生氣地再度埋首工作。

小怪微微苦笑，將前腳交叉。

突然，它的背抖動了一下。

小怪猛然張大眼睛，豎起了尾巴。

「昌浩！」

就在小怪大叫的同時，地面上下震動起來。

震動的時間出乎意料地長。

還好震度不是很強，擺設都沒有被震倒，只是吊在屋簷下的燈籠和用來固定板窗的鉤子，都像鐘擺一樣搖晃著。

風音撫摸著臉色蒼白、緊緊抓住自己的小女孩的頭，安慰她說：

「沒事了，停了，公主。」

內親王脩子的小小肩膀顫抖著，緩緩抬起頭說：

「真的嗎？」

「嗯。」

點著頭的風音，覺得不太對勁。

她是道反大神的女兒，擁有的力量在五行中屬「地」。對大地的神氣、氣脈，比任何其他神明都敏感。

這樣的她，竟然沒有事先察覺這次的地震。

在產生搖晃，靠身體感知之前，她完全沒有感應到地震。

她從拉起的板窗望出去。

由於綿綿霪雨與烏雲的關係，即使是大白天，依然昏暗不明。

以這個季節來說，算是有點冷，風音怕脩子受涼，替她穿上了厚的衣服。

糟糕的是，布料太厚就容易吸收濕氣變重，但這也是沒辦法的事。

「冷不冷？」

「不會，我不冷。」

對屋裡只有脩子和風音。脩子下令，除了風音之外，其他人都退下。

脩子只把風音留在身旁，難免引發侍女們的不滿，但是大家都儘可能說服自己：公主會這麼任性也是無可厚非的事，因為風音是公主最喜歡的侍女，又離開了一段時間，

最近才回到宮裡。

風音思索著，等公主的情緒緩和些，再慢慢讓其他侍女也來陪伴她。否則這樣下去，脩子會被孤立。

自己也是罪魁禍首。

當初就是自己讓其他人都無法靠近她，利用了她被寂寞攫住的心。

所以，自己有贖罪的義務。

「……」

脩子現在還太小，還無法理解風音做了什麼。等她再長大一些，知識與思想都跟著成長時，就可以制裁風音了。

風音決定陪在脩子身旁，直到那天到來。

因為上次利用了她，所以風音暗自發誓，這次不管發生什麼事都要保護她。

看著雨好一會的脩子，站起來走向外廊。

「公主？」

風音也起身，脩子回頭看著她，伸手指向另一間對屋說：

「我要去母親那裡。」

大概是小小的心靈，擔心母親會不會被剛才的地震嚇到吧！

風音微微一笑，點點頭。

在地震停止之前，彰子一直是臉色發白，全身僵硬。

房子吱嘎作響，屏風和竹簾都在搖晃。

「小姐，妳的臉色不太好呢！」

「還好嗎？」

「震很久呢！」

猿鬼、獨角鬼和龍鬼這三隻小妖，圍繞著全身僵硬地直挺挺坐著的彰子，你一言我一語地說著。

臉色蒼白的彰子低頭看著三隻小妖，點了點頭。

靠在柱子上的神將勾陣深吸一口氣，撥撥頭髮。

「平安京很少地震呢！」

平安京的地盤十分堅固，桓武帝會決定遷都來這裡，就是考慮到這裡是四神相應之地②，而且很少發生地震災害。

皇宮是國家權力中樞，當然不能建在很可能發生天災的地方，桓武帝調查過去的紀錄後，才決定遷都來這裡。

那是兩百年前的事了。

對才十三歲的彰子來說，兩百年的歲月實在漫長得無法想像。人類再怎麼長壽，也活不過百歲。

彰子邊調整呼吸，邊抬頭看看正站著觀察外面情況的勾陣。

不同於人類的十二神將居眾神之末，據說已經活了超過好幾百年。

「呃，勾陣……」

聽到彰子的叫喚，勾陣轉頭回應：

「什麼事？」

微偏著頭的勾陣，長得比安倍家的任何人都高。

可能是顧慮到彰子不方便抬頭看自己，她在彰子附近蹲了下來。身為鬥將的她，穿著打扮注重機能性，所以衣服下襬不長，兩腿旁邊還有開衩，跟彰子穿的衣服完全不一樣。

「勾陣，妳不穿這種外衣嗎？」

彰子指著自己身上的衣服，勾陣微微苦笑說：

「有必要的話也可以穿，不過目前應該沒那種必要。而且，也跟這樣的短髮不配吧？」

快到肩膀的烏黑直髮輕柔地搖晃著。
彰子倒覺得搭配短髮也別有一番味道，正這麼想時，聽到膝蓋附近有微弱的呻吟聲。
「我……不能……呼吸了……」
彰子眨眨眼睛，猛然舉起雙手。
「對不起，你還好吧？」
膝蓋上的烏鴉虛弱地張開著翅膀。
因為受到地震的驚嚇，所以彰子下意識地抱緊了膝上的烏鴉。
烏鴉東倒西歪地從彰子膝上爬下來，在地板上挺直了身體。
「以後要小心點，女孩。好了，我要火速趕到公主身旁了。」
烏鴉正要搖搖晃晃地往外走時，小妖們一把抓住了它的尾巴。
「你連走路都走不穩，能飛嗎？」
「不要強撐嘛！」
「這裡很安全哦！因為是安倍晴明的府邸。」
小妖們挺起了胸膛，也不知道在驕傲什麼。
烏鴉回頭看著它們，發出低沉的咒罵聲：

「我當然知道！我又不是第一次來這裡！」
三隻小妖都張大了眼睛。
烏鴉——會說人話的妖怪烏鴉。
猿鬼「啊」地大叫一聲。
「你、你就是那時候的烏鴉?!」
三隻小妖先是同時往後退，然後又驚慌地滑入彰子與烏鴉之間。
「你你你你你要是敢對小姐怎麼樣，我們絕不饒你！」
「沒沒沒沒沒錯，如果不想挨揍，就不要亂來！」
「不不不不不要小看我們！」
三隻小妖光是氣勢十足，其實都害怕得直發抖，卻還是勇敢地挺身保護彰子，那樣的決心值得讚賞。
勾陣用手掌摀住嘴巴，強忍著不笑出來，瞥了一眼彰子，只見她啞口無言地交互看著三隻小妖和烏鴉。
聽到突如其來的敵對宣言，烏鴉納悶地看看它們，轉向勾陣說：
「神將，它們在說什麼啊？是不是把我當成誰了……」
「沒錯，我可以證明你的清白，你要我這麼做嗎？」

「妳是說……要我欠十二神將人情？」
漆黑的臉上，看起來就像大大寫著「我不要」。但是看到小妖們的三對視線，充斥著「死也要死在一起」的必死決心與悲壯感，烏鴉深深嘆了一口氣。
「真是沒轍。喂！你們幾個，那個神將很清楚我的來歷，為了你們好，最好收起你們無謂的敵意。」
那囂張的語氣惹惱了猿鬼它們。
「你說什麼?!」
「說得這麼狂傲！」
「也不想想是誰把你帶來這裡的！」
勾陣舉起手，制止憤怒的三隻小妖。
「你們冷靜點，不要把這傢伙惹火了。」
烏鴉冷哼一聲，撇過頭去。
「可是，式神，這傢伙太自大了！」
聽到「自大」兩個字，烏鴉的背脊抖動了一下。
勾陣苦笑起來。
「不要說它自大嘛！在出雲，它侍奉的可是坐鎮道反的道反大神呢！對了，說不定

可以稱得上是神獸呢！」

三隻小妖都瞪大眼睛看著烏鴉。

漆黑的烏鴉站得直挺挺的，伸長了脖子。

「咦咦咦咦咦咦————?!」

大約隔了三口氣的時間，小妖們才大叫起來。

烏鴉得意地挺起了胸膛。

「知道了嗎？小妖們，我跟你們的等級不一樣。」

三隻小妖驚訝地注視著烏鴉好半天後，轉向勾陣說：

「喂，式神。」

「冒昧請教一下。」

「道反大神是誰啊？」

漆黑的烏鴉頓時全身虛脫。

「唔……！」

勾陣再也忍不住，笑得肩膀直顫抖，只好舉起一隻手請小妖們等一下，然後掩住臉繼續笑。

沒錯，創世記紀對人類來說很重要，卻跟小妖們毫無關係。它們知道的神，頂多就

是三貴神③，還有守護著京城北方的貴船祭神。
彰子因為最近請小怪幫她上過神明的相關課程，所以有印象。
「呃，就是坐鎮在黃泉比良坡出口的岩石大神吧？」彰子向勾陣確認。
勾陣點點頭回應彰子，再轉向烏鴉說：
「太好了，嵬，有人知道呢！」
「哼，妳給我閉嘴，神將！還有，愚弄我們大神的小妖們，現在我就在這裡教訓你們！」
嵬怒氣沖沖，三隻小妖卻不知道為什麼開開心心地走向了它。
「喂，你叫嵬啊？我叫猿鬼，是小姐幫我取的名字呢！」
「我叫獨角鬼，我的名字也是小姐取的哦！」
「我叫龍鬼，我的名字也是小姐取的呢！」
剛才的緊張氣氛都不知道哪裡去了，三隻小妖興高采烈地圍著漆黑的烏鴉，嘰嘰喳喳地說個不停。嵬也被它們攪得不知所措，想說的話都說不出來了。
就在小妖們纏住烏鴉時，彰子悄悄地問勾陣：
「妳剛才說它是侍奉道反大神的……」
彰子的臉上浮現不安的神色。

「是不是又發生什麼事了？」
按住胸口這麼問的彰子，烏黑的眼眸之中帶著憂慮與恐懼。
勾陣微微一笑說：
「沒什麼要擔心的事，那傢伙只是因為心愛的公主在京城，所以追來找公主而已。」
她安撫似的摸摸彰子的頭，又接著說：
「公主就是道反大神的女兒，會暫時待在京城，妳說不定有機會見到她。」
這時，房子突然嘎吱作響。
是地震。
震度不強，但搖晃了好一陣子。
彰子聽著柱子和牆壁的吱嘎聲，不但臉色發白，全身也僵直了。
京城幾乎沒有地震，所以難得發生時，身體就會緊繃得無法動彈。
人類沒有能力對抗天災，所以會產生本能上的恐懼。
「唔，我不能再跟你們耗下去了！」
被三隻小妖包圍的嵬咯咯咯地走到木拉門外，大大地張開了翅膀。
「我擔心公主的安危，後會有期了，神將！」

漆黑的烏鴉發出洪亮的叫聲，飛向了雨中。

嵬離開後沒多久，地震就停了。

彰子呼地鬆了一口氣，勾陣拍拍她的背，緩和她的情緒。

「我沒事，只是有點害怕……」

「不用逞強，地震真的很可怕。」

「嗯……」

彰子點點頭，做了個深呼吸。

勾陣皺起了眉頭。

一次也就罷了，她居然兩次都沒先感應到地震。

她是土將，與大地的氣脈相連。天一、天空和太裳也是，他們對地震的感覺都十分敏銳。

現在非但無法事先察覺地震，震動時還有種疏離感。

「小姐，妳還好吧？」

「我們再多陪妳一下吧？」

「小姐希望的話，我們就留下來。」

你一言我一語的小妖們是真的很擔心彰子。
彰子笑了笑，搖搖頭說：
「不用了，謝謝你們，我沒事，而且有勾陣在，晴明也可能快回來了，你們不必替我擔心。」
「是、是嗎？」
「那就好。」
「不過，害怕的時候就叫我們，我們會馬上趕來。」
「嗯。」
彰子點點頭，三隻小妖就開心地笑了起來，轉身離去。
目送小妖們啪噠啪噠地離開後，彰子走到外廊上。
小妖們穿過庭院，蹦蹦蹦跳過圍牆，接著對彰子猛揮手說：
「再見啦！」
在外廊揮著手的彰子等小妖們不見了蹤影，才沉下臉來。
她把手搭在高欄上，悄悄地吁了口氣。
雨下個不停，很久沒看到太陽了。厚重的烏雲覆蓋著天空，沉悶得讓人喘不過氣來，精神委靡不振。

勾陣知道她在想什麼。

多得是可以安慰她的話，但都不能根本解決問題。

在不讓彰子察覺的狀態下，勾陣悄悄嘆了口氣，環抱雙臂。

晴明在雨中出門的背影浮現腦海。

連續好幾天，都被皇上召見。

究竟是為了什麼事？

小怪的陰陽講座

①依日本的律令制，日本天皇的姊妹、女兒都稱為內親王，天皇的兄弟、兒子都稱為親王。

②四神相應之地即與天上四神相呼應之地，四神是東青龍、西白虎、南朱雀、北玄武，代表官位、福祿、無病、長壽之風水。

③三貴神即「太陽神」天照大神、「月神」月夜見尊與「海神」素戔嗚尊。

2

剛到皇宮的藤原行成感覺到輕微的搖晃，停下了腳步。

「又來了……」

在搖晃停止前，他原地佇立，努力緩和異常急促的呼吸。

行成也怕地震。他從沒想過四平八穩的大地居然也有動搖的一天，面對超越人類智慧的自然現象，人類完全無力抗拒。

確定搖晃差不多停止了，行成才快步走向寢宮。

地震很可怕，火災也很可怕。

去年夏天燒毀的寢宮，目前正如火如荼地重建中。當時，瞬間延燒開來的火焰燒掉了大半的寢宮。

重建期間，一直都很順利，卻因為這場雨而延宕了。一想到很可能再因為地震引起火災，他就坐立難安。

因為下雨，工程中斷，重建的工地冷冷清清的。

備好的木材雖然用蓆子蓋住，還是吸收了不少濕氣。恐怕要等木材乾了，才能再動工。

行成嘆口氣，走向中務省。中務省在陰陽寮隔壁，他打算解決中務省的事後，就去陰陽寮。

辦完了事，走到外廊上，就看到安倍昌親抱著卷軸，往他這邊走過來。

昌親也看到了行成，微微點頭致意。

行成在外廊那端等著，昌親快步走向了他。

「喲，昌親大人，成親大人有沒有乖乖在曆部工作呀？」

昌親苦笑著說：

「剛才我看到他滿臉認真地坐在矮桌前……」

行成噗哧一笑，想像那樣的畫面。

「行成大人，你這時候出現在中務省，可見很晚才進宮哦！」

向皇上稟報每天的政務，必要時，再把皇上的裁示轉達給中務省的官員，這就是行成的工作。原本是由中務省的侍從直接拜謁皇上，但臨時寢宮有點遠，空間又不夠寬敞。所以在左大臣藤原道長的安排下，盡量減少進出臨時寢宮的官員，取而代之的是更密切的聯繫，有效率地執行政務。

這樣是很有效率，但每天要晉見皇上後才能進宮工作的行成，工作量增加了不少。

看到行成下意識地嘆了口氣，昌親質疑地說：

「行成大人，你是不是太累了？」
「咦？啊，是有點……如果這場雨能停下來，多少可以減輕我的煩憂。」
行成望著昏暗天空的臉上，浮現悲痛的神色。
「行成大人……？」
看到昌親驚訝的表情，行成搖搖頭，露出自嘲般的笑容。
「沒什麼，只是雨下得太久了，讓人有點提不起勁來。而且要是雨再繼續下，鴨川的河堤也很可能潰決。」
昌親點點頭說：
「嗯……沒錯，我觀察過風的流向和雲的厚度，怎麼樣都看不到雨停的徵兆，彷彿就像哪裡的神明在顯示神意。」
不過是一句無心之言，行成卻受到極大的震撼。
敏銳的昌親一眼就看出來了。
「行成大人，怎麼了嗎？」
「啊，沒什麼……對了，昌親大人。」
「什麼事？」
行成又抬頭望著天空，壓抑著什麼情感似的瞇起了眼睛。

「所謂神意，到底是什麼呢？」

「這……我也不太清楚。因為誰也無法預測，所以才叫神意吧！」

把人類的想法置之度外，就是神意。

望著天空好一會的行成喃喃嘀咕著：

「誰也無法預測啊……應該是吧……」

百感交集地嘆口氣後，行成很快地恢復了原來的模樣。

「對不起，淨說些沒意義的話。」

「不會……」

「我希望你再繼續觀察到底有沒有雨停的徵兆，只要看到一點，就馬上告訴我。還有，進行止雨的祈禱。」

「是，我知道了。」

昌親鞠躬行禮，行成對他點點頭，就快步離去了。

應該還會接到正式通知，但昌親心想，最好還是先把行成的話轉達給天文博士和陰陽寮長。

對這場雨，昌親自己也十分憂慮，所以即便沒有接到指示，他也會繼續觀測。

「說真的，這場雨到底什麼時候停呢……？」

昌親抬頭望著天空，喃喃自語著。此時，身旁有一道神氣降臨。

他察覺到了，微微張大眼睛轉過頭看。

現身的天后，把神氣加強到一般人看不見的程度。

「好久不見了，昌親。」

「是啊，天后。」

昌親笑逐顏開。還住在安倍家時，祖父身旁總是有她跟青龍隨侍在側，小時候，自己也受過他們的照顧。

對父親吉昌和伯父吉平來說，天一和天后就像母親的化身，但是對昌親和成親來說，卻像年紀相差很遠的姊姊。

「怎麼了？妳難得會離開我爺爺呢！」

天后瞇起了眼睛。

「我是奉晴明之命來的，因為剛才發生地震，他拜託我來看看吉平、吉昌和你們幾個人有沒有受傷。」

昌親瞪大了眼睛。

「爺爺嗎？嗯……很高興爺爺這麼關心我們，不過還是很意外。」

「什麼意思？」

「意思就是，我們可以感受到爺爺真的很愛我們，但是，那種感覺還是有點不太真實。」

突然從身後插入這句話，兩人都回過頭看。

「哥哥。」

「成親。」

滿臉笑容的成親舉起了一隻手。

「因為爺爺的愛向來很難理解。當他明顯地表現出來時，我們就會有戒心，懷疑真的可信嗎？」

聽到成親滔滔不絕的陳述，天后也無話可說。

晴明受到侮辱時，她都會有強烈的反應，所以當聽到宮裡關於晴明的流言蜚語時，她向來都表現得比晴明本人還要憤怒。

不對，晴明都只是聽聽就算了，一點也不在意，生氣的總是天后。

大概是因為不只天后，太陰和玄武聽到那種話也會怒火沖天，所以晴明本身就沒必要生氣了。

「成親，好久不見了，夫人和孩子們好嗎？」

看到眼睛笑瞇成一條線的天后，成親也開心地笑了起來。

「嗯，好得有點過了頭，我動不動就被老婆罵得很慘。」

「就跟你小時候一樣。」

天后咯咯地笑著。

成親瞄她一眼，不解地歪著頭說：

「是嗎？」

被母親罵的記憶幾乎沒有……不，是完全沒有，倒是被父親罵過幾次。

在成親的記憶中，會兇巴巴地斥責自己的人，就是眼前這位神將。

在懵懂無知的幼年時期，成親總是在安倍家的廣闊土地上到處亂跑。有一次，他闖入了一再被叮嚀不可以進去的森林，直到天黑都沒回家。

神將來找他時，發現他被困在很深的洞穴裡。

他是在往洞穴裡瞧時，不小心滑了下去。幸好抓住了凸出的岩石，沒有繼續往下滑，要不然，掉到了光線也照不到的洞底深處，就沒救了。

天后提到這件事，成親這才想起來，感慨地點著頭。

「啊，的確發生過那種事。我知道我們家被稱為邪門歪道之地，但沒想到會有那麼深的洞穴，一直延伸到地底。」

「有那麼深的洞嗎？」

跟成親不一樣，一點也不頑皮的昌親張大眼睛問。

「是啊！你不知道嗎？不過，說不定連父親都不知道。經過那件事，我才知道為什麼大家都說那座森林比看起來還幽深，不可以隨便進去。」

他還記得，當時是一時興起闖入了森林裡，沒想到樹木比想像中濃密，行進非常困難。

「我滑下去時旁邊還有小石頭一起掉落，卻沒聽見石頭撞擊底部的聲音，可見那個洞深不可測。不過，那時候我已經自顧不暇，也可能是沒聽見。」

光線照不到的洞底，漆黑得就像聽說過的黃泉之國的深淵。

那時候成親還不到十歲，平常並不怕黑，但是面對深不可測的黑暗，還是覺得毛骨悚然。

「在哪一帶啊？」

那座森林位於安倍家的東北方，昌親只在外面觀望過。森林旁邊有種菜的田地和倉庫，每次在田裡澆水時，就會湧現一股好奇心。只是昌親跟成親不一樣，沒有進入森林。

因為他看到當成親下落不明時，雙親和祖父都急得臉色發白地到處尋找，所以，他儘可能克制了自己。

昌親說出當時的想法，成親就豪爽地笑了起來。

「聽到了嗎？天后，我的頑皮也發揮了效用。」

天后把手貼在額頭上，沒好氣地說：

「一點都不好笑……那時候大家真的很擔心，搞得雞飛狗跳的。」

「我知道、我知道。」

「你真的知道嗎？」

「妳疑心病很重耶！」

「這都要怪你平常的表現太差。」

被天后這麼一語斷定，成親只能無奈地苦笑。

天后並不是在生他的氣，只是生性嚴肅、認真，說話又直，所以有時聽她說話會覺得有點刺耳。

她重視晴明勝過任何人，所以也打從心底重視所有晴明重視的家人。成親和昌親在懂事之前，就深切感受到了。

昌浩是在三歲時，靈視能力就被封鎖，幾乎度過了十年與一般人沒什麼差別的日子。但成親、昌親兩兄弟不一樣，一直都有神將陪伴在側，所以除了騰蛇之外，對其他神將的親近感都不在昌浩之下。

「那個洞穴現在還在嗎？」成親問。
天后摸著下巴，擺出思考的姿態。
「應該還在吧……我們後來都沒進去過，所以不記得在哪一帶了。」
森林並沒有被結界圍住，但是沒必要進去的話，他們就不會進去。
「這樣啊……」
現在說不定可以沉著地進入洞穴底下探險了，但是不知道地點就沒轍了。萬一跟小時候一樣滑下去，可能會沒命。當時身體小，比較輕，才能保住性命。
「你好像很在意那個洞呢！都快二十年前的事了吧？」
「對啊，都快二十年了，難怪妳跟我都老了。」
成親揉著肩膀，刻意這麼說，天后頗不以為然地看著他。
「你在晴明面前也敢說這種話？」
「不敢……」
祖父畢竟是八十歲的老人了，在這個時代算是長壽得可怕。妖魔鬼怪都誇張地把祖父說成「跟自己同類」，而成親他們也覺得有一半是事實。
昌親開心地聽著神將與哥哥之間毫無保留的談話時，忽然想到一件事。
「對了，天后，關於這場雨什麼時候停，爺爺有沒有說過什麼？」

天后眨了眨眼睛。

「雨……？」

成親與昌親都感覺到了什麼。

天后的表情沒有變化，但是他們兩人都覺得，她好像瞬間有某種反應。

「是啊！雨下得太久，鴨川的河堤都潰決了，幸虧處理得快，沒有釀成大災難，可是再繼續下的話，有再次潰堤的危險，不知道爺爺對這件事的想法怎麼樣？」

聽完昌親的話，天后微微垂下了眼睛，但很快又露出淡淡的微笑說：

「晴明大人昨天做過占卜，我們神將看不懂式盤的結果，所以不知道占卜結果是什麼。」

「這樣啊……」

在陰陽寮長的指示下，天文博士吉昌也估算過，但是，準確率最高的還是安倍晴明的占卜術。昌親總覺得祖父的預測會比天文部準確，身為天文生，實在不該有這樣的想法。

要更精益求精才行，他在心中這麼嘀咕著。

「我差不多該回去辦公了。哥哥，你也趕快回曆部吧！不然曆生們又要來找你了。」

「啊，沒錯。再見了，天后，很高興見到妳，真的好久不見了。」

「我也是，你們兩個都要好好照顧身體。」

天后說完就隱形不見了。

成親和昌親並肩走在渡殿上。

「對了，天后來做什麼？」

「剛才不是發生了地震嗎？所以爺爺派她來看看是不是所有家人都平安無事。」

「原來是這樣啊！」

成親是在他們兩人交談途中經過，所以沒聽到這一段。

「地震很強烈呢！」

「是啊！搖得那麼厲害……」

話還沒說完，渡殿又搖晃了起來。

兩人停下來，屏住了氣息。大人也一樣害怕地震。

渡殿搖晃震動，震度不強，但搖得很久。

數完二十下心跳，才終於停止了搖晃。

成親鬆了一口氣。

「喂喂……一天搖這麼多次，太不尋常了吧？」

京城幾乎沒有地震，只偶爾會發生，但從來不曾這麼頻繁過。
光是今天，就不知道震過幾次了。
「天文部的看法呢？」
成親恢復陰陽生應有的表情，昌親也神色凝重地說：
「還沒有發表任何看法，不只天文博士，連陰陽博士、陰陽助和陰陽寮長都正在翻閱過去的紀錄，探索這次天災的神意。」
兩人之間彌漫著緊張的氣氛。
「希望不是什麼事情的徵兆……」
「嗯，我也這麼希望。」
天災是用來懲罰天與地的過錯，或是譴責違反常理的事。
而上天制裁的對象，通常是人類無法制裁的高高在上的存在。
成親望著東方天際，壓低嗓門說：
「當今皇上應該沒做出什麼觸怒上天的事吧……」
烏雲密佈的天空昏暗不明，無法靠太陽西斜的角度來判斷時間。
「現在大約是什麼時刻？」

負責看守的官員走在流水轟轟作響的鴨川河畔，臉色沉重。

「申時……不對，應該快酉時了。可惡，放晴的話就看得出來了。」

他們是藤原行成派來的人，正穿著蓑衣在雨中視察。

前幾天才剛潰決的河堤旁，堆起了幾十袋的沙包，但是水位因為滂沱大雨而繼續增高，眼看著就要淹過沙包了。

「真糟糕……再這樣下去，河水很快就會氾濫了。」

「要趕快找人來，再把沙包往上堆，堵住河水。」

再不快點行動的話，就會釀成大災難。

他們正要轉身離開時，地面搖晃起來。

「哇，又來了……！」

大地震顫著。

竟然光今天一天，就發生了這麼多次的地震。

包括這場雨、鴨川的潰決在內，會不會都是凶兆呢？

「當今皇上到底做了什麼事？」其中一人低聲嘟囔著。

另一個人聽到對方這麼說，馬上臉色發白地說：「喂，不要亂說話。」同時趕緊四下張望。

官府貼出了告示，警告人民不要靠近危險的河岸，所以京城的人應該不會來鴨川。

但是害怕被第三者聽到的恐懼，還是加強了他們不必要的戒心。

「幸虧除了我們之外，沒有其他人在……要是被什麼人聽到，可會因為大不敬的罪名而遭到懲處。」

「雨下得這麼大，沒人會來吧？」

說歸說，他還是把聲音壓低到會被雨聲蓋住的程度。

「你不覺得很奇怪嗎？梅雨季節早就結束了，雨卻還下個不停，就算是秋天的霪雨，也未免下太久了。」

另一個官員聽到同事的話，一時說不出話來，其實他也是這麼想。

過了七夕的乞巧奠，就是秋天了。

如果是颱風帶來的豪雨，還可以理解。問題是，秋颱還沒來。

然而，雨已經連下了一個多月。這期間，太陽沒有露過臉。

不管日曬或下雨，過多過久都是災難。尤其是這個季節的異常氣象，會大大影響農作物的收成。

「你不覺得很像《古事記》裡記載的天岩戶洞窟嗎？」

因為天照大御神躲在天岩戶洞窟裡，全世界的白天都跟黑夜一樣。

「你想太多了，烏雲上面應該還是有太陽。」

現在白天還是有亮光，可以勉強確定太陽是有出來的。只是有些昏暗，在室內一整天都必須點燈。

說不定颳一場秋颱，反而可以把烏雲通通吹走。

「不要胡說八道了，回宮裡去吧，向行成大人報告現況……」

走在前面的官員不經意地望向河面，就那樣定住不動了。緊跟在後的另一個官員發現他停下來，疑惑地皺起了眉頭。

「怎麼了？」

他也順著同事的視線望向河面，定睛注視著轟轟作響的激流。

「沒怎麼樣啊……」

就在他這麼低聲嘟囔時，聽到同事說：

「剛才……」

同事緩緩指向前方，驚訝地瞇起眼睛接著說：

「好像有什麼東西游在河面上……」

「啊？」他目不轉睛地看著同事的臉說：「在那樣的激流裡游泳？你看錯了吧！」

地面搖晃起來，又發生地震了。

這次是上下震動，有點強度。趕快蹲下來等地震平息的兩人，聽到水被什麼東西濺起來的聲音。

打在沙包上的水濺起了飛沫。被堆得毫無間隙的沙包，看起來微微顫動著。

「糟糕，快破裂了。」

河堤一旦潰決，鴨川的濁流就會灌入京城。現在雨沒有停止的徵兆，萬一京城在這種狀態下淹水，不知道要花多久才能完全復原。

「我去找人來幫忙，你去向行成大人報告！」

往京城跑去的同事，背影漸漸遠去。

他猶豫了一下，照指示轉身離開。

地面搖晃起來。

「地震……」

不只地面，連河堤、掩埋龜裂的沙包堆都在顫動。

「河水……」

他以為濁流就要越過河堤，往這裡淹過來了。

然而，出乎意料之外，有道金色光芒射入他眼中。

「咦……？」

他驚愕地愣在原地，動也不動。

瞪大眼睛的他，看到一條金光閃閃的金龍從湍急的河流中騰躍而起。

3

建築物吱嘎作響。

「停了沒？」

終於感覺不到搖晃的彰子低聲說。在這之前，不知道經過了幾次地震，大地好不容易才緩和下來。

陪在她附近的勾陣點點頭說：

「嗯，應該停了。」

彰子呼地鬆了一口氣。

「搖得不是很厲害，可是發生這麼多次，太奇怪了，希望不是什麼不祥的預兆……」

快到酉時了。

白天就已經出門的晴明，現在還沒回來。

這個時刻通常還很明亮，現在因為烏雲滿天，有點昏暗。

「晴明大人還沒回來呢！不知道怎麼樣了。」

「應該有人會送他回來吧！不用太擔心。皇上召見，有時會拖很久。」

因為顧慮彰子的心情，勾陣儘可能表現得很開朗的樣子。

彰子知道她的用心，覺得很對不起她，點了點頭說：

「昌浩今天會不會也比較晚呢……？」

望著皇宮方向的彰子，臉上滿是憂慮。看得出來，她為昌浩煩惱的心情遠勝過擔心他會不會晚回來。

勾陣悄悄嘆了口氣。

原來如此，在這種狀態下，要佯裝不知道的確有點辛苦。尤其是一直陪伴在昌浩身旁，就近看著這一切的小怪，想必非常難受吧！

勾陣在心中默默想著：以它來說，真的表現得很不錯了。

「……」

勾陣的眼皮顫動了一下。

有人類感覺不出來的微震。其實只是彰子不知道而已，實際上，微震的次數相當頻繁。

勾陣不讓彰子察覺，默默想著這些事時，察覺有車子正冒著雨往這裡前進。

「啊，回來了。」

「晴明大人嗎？」彰子問。

勾陣點點頭。

彰子立刻振作起來，準備迎接晴明大人。

晴明在大門口從牛車下來時，牧童趕緊上前準備替他撐傘，那是權貴人士用的大傘。為主人撐傘遮雨的隨從，自己則穿著蓑衣站在雨中。

「不用替我撐。」

晴明慈祥地笑著。

牧童結巴地說：「可是……」

他是奉左大臣之命，負責把晴明安全送到家。萬一曠世大陰陽師被雨淋壞了身體，那可是重罪。

晴明哈哈大笑說：

「不用擔心，我晴明有避雨的法術。」

老人才剛說完，全身就像被蠶繭團團包住般，雨滴全都被彈開了。

「你幾乎都淋濕了，回家時要小心點。」

晴明對看得目瞪口呆的牧童這麼說，就鑽過大門進去了。

一進去，大門就嘎吱作響，自動關上。

牧童茫然地嘟囔著：

「門……門自己……」

據說曠世大陰陽師安倍晴明可以自由自在地操縱式神。所以，門也是看不見的式神關上的吧？

「啊……好厲害。」

只聽過傳說，沒想到這麼厲害。

擊退妖魔、靠各種占卜預測未來、猜中箱子裡的東西等傳說時有所聞，但真沒想到可以親眼見識到其中一小部分。

雨中護送很辛苦，但能親眼看到幾乎不可能看到的晴明法術，也值得了。

改變牛車方向往回走的牧童，腳步不由得輕盈起來。

晴明敏捷地閃開水窪，往家門走去，在他身旁隱形的神將說：

《晴明大人，你打算怎麼做？》

「嗯……」老人眉頭深鎖著說：「我要再想想，你們也不要告訴其他人在臨時寢宮的談話內容。」

《是。》

回答的只有天后，但隨行的青龍應該也聽到了。

「唉！該怎麼做呢……？」

晴明低喃著打開門，看到端坐在屏風前的彰子時，張大了眼睛。

「彰子。」

彰子微微一笑，對掩不住驚訝的晴明行禮說：

「晴明大人，您回來了啊？」

「哎喲、哎喲，彰子親自出來迎接啊！好盛大的場面。」

晴明笑得合不攏嘴。

彰子嫣然一笑，站起來說：

「我還替您準備了毛巾呢……」

從雨中回來的晴明竟然沒有任何地方被淋濕。

彰子露出疑惑的眼神，晴明揭開謎底說：

「我命令十二神將一路上幫我擋開了雨，很方便吧？」

「哦。」

看到彰子目瞪口呆的樣子，隱形的天后噗哧笑了起來，彰子也察覺到她的動靜。

「在晴明大人的左後方……？」

聽到彰子的低喃，晴明瞇起眼睛，點點頭說：

「沒錯，妳真行呢！」

「啊，別這麼說……呃，晴明大人……」

「什麼事？」

老人脫下鞋子走上外廊，看著似乎有話要說的彰子。

彰子欲言又止，輕輕嘆口氣，搖了搖頭。

「沒、沒有，不是什麼大不了的事。」

「如果是雞毛蒜皮小事，妳的臉色不會這麼差。怎麼了？」

晴明的聲音好溫柔，讓人不由得想依靠他。進入安倍家後，彰子一直被安倍家所有人的溫暖守護著。

「我……我不知道該不該問晴明大人。」

「什麼事？」

「最近地震很多……我有點擔心。」

晴明眨了眨眼睛。

勾陣在彰子背後現身。

「怎麼這麼晚才回來？晴明。」

「喲，勾陣，是啊，皇上的話有點長。」

回應追隨自己的式神後，晴明又把視線轉向了彰子。

「關於地震，我也很擔心。稍後我會做調查，所以請再等一下，就會有結論。」

聽到晴明的說明，彰子客氣地搖著頭說：

「不，請不用在意我，我只是有點害怕，所以……」

晴明嗯嗯地點著頭，浮現親切和藹的笑容。

「我非常了解妳害怕的心情，因為我的妻子生前也怕得不得了。」

比誰都怕妖怪，卻因為擁有靈視能力而經常看到異形的若菜，也很討厭地震和閃電。

晴明也不喜歡地震，可是看到妻子嚇得全身僵硬，叫都叫不出來，就會激起他的使命感，讓自己堅強起來。

而好友榎岦齋正好跟他相反，完全不怕地震。

應該說不是不怕，而是個性比較達觀。他的理論是，不管怎麼害怕、怎麼恐懼，發生地震時人類都無能為力，只能等地震自己停下來，慌亂騷動只是體力上的浪費。

誰都不想死於地震，但京城的地盤堅固，只要待在這裡，就不會因為地震而發生什麼事。

晴明不禁想起榎岦齋挺起胸膛，得意揚揚地這麼肯定說著的模樣。

最近，他開始會這樣回顧往日的記憶。

儘管到了這個年紀，想起這些事，還是會有無法忍受的沉痛感湧上心頭，晴明不喜歡這樣，所以一直試著遺忘。

「而且，彰子，我可以告訴妳一個祕密。這棟屋子有很多精細的設計，即使發生地震也屹立不搖，放心吧！」

「精細的設計？」

「是的，種種設計。」

利用許多器具和法術，儘可能採取了各種措施，所以除非是天崩地場的大地震，否則這裡絕對安全。

「從我晴明出生前就是這樣了，所以不用害怕，放心吧！」

雖然怎麼樣都無法消除本能上的恐懼，但知道這件事，多少可以安心一點。

彰子呼地鬆了口氣。

「是嗎？那我就放心了。」

晴明舉起食指抵在嘴上，對露出安心笑容的彰子說：

「千萬要保密哦！這件事連吉昌跟昌浩都還不知道。」

「咦？」

「差不多該告訴他們了，我會慢慢讓他們知道。」

抿嘴一笑的晴明，看起來就像在打什麼歪主意的小孩子。

一直沒說話的天后，在晴明耳邊悄悄說：

《你要站在這麼冷的地方聊多久啊？晴明大人，你和彰子小姐都不能受涼啊！》

晴明眨了眨眼睛。

天后說得有道理，自己怎麼樣也就罷了，彰子可不能出什麼事。

「走，回房間去吧！彰子，謝謝妳的關心，那條毛巾就留給昌浩用吧！那小子跟我不一樣，八成會淋成落湯雞回來。」

聽到晴明這麼說，彰子的眼眸搖曳了一下。

「是……我會留給他。」

向點著頭的彰子行過禮，走回自己房間時，晴明的表情變得凝重。

「勾陣……」

走在彰子背後的勾陣轉向了晴明。

她只默默地以眼神回應，晴明也只回以眼神。

回到自己的房間後，晴明深深嘆口氣，在矮桌前坐了下來。

雨嘩啦嘩啦地下著。

「唉！雨下個不停呢！」

走在朱雀大路上，淋得濕透的猿鬼舉起手抵在額頭上，仰望著天空。

「就是啊！」

「嗯，不過我很開心，因為我比較適合陰濕的環境。」

龍鬼跟滿臉困擾的獨角鬼不一樣，顯得優游自在。

因為下雨的關係，傍晚的朱雀大路不見半個人影。

再過一會，就可以看到從皇宮出來的貴族們搭乘牛車或徒步回家的身影。

「剛才那個叫嵬的傢伙到哪裡去了？」

「不知道。」

歪著頭的猿鬼，視線不經意地掃過前方，看到一個淋著雨的漆黑東西正往它們剛才來的方向飛去。

「啊！」

獨角鬼和龍鬼往猿鬼指的方向望去，也都歪著頭，不解地說：

「它要去哪裡啊？」

「它提到的什麼公主，大概就是在那裡吧？」

「啊，對哦！不知道它發生了什麼事，不過，應該很棘手吧！」

它會從雨中虛弱地飛過來，掉落在它們面前，很可能是因為飛行了很長一段距離而筋疲力竭了。

「在雨中飛行，應該很辛苦吧？」

小妖們的同伴中，有好幾隻是鳥妖。其中一隻鵺鳥一下雨就待在原地不動，在躲雨的地方悠閒地消磨時間，等雨一停，就神采奕奕地在黑夜中到處飛翔。

但是最近一直在下雨，所以鵺鳥都沒外出。

前幾天聽蜘蛛老爹說，鵺鳥是待在以前彰子住過的那棟無人宅邸裡。因為不飛身體就會僵硬，所以它會在裡面飛，注意不撞到牆壁跟柱子。

忽然，地面搖晃起來。

「啊，又來了。」

龍鬼大叫一聲，跟猿鬼和獨角鬼一起等搖晃停止。

「還好不是搖得很厲害，可是，京城第一次地震這麼頻繁吧？」

小妖們都很長壽，都城從奈良的平城京遷到京都的平安京後，它們一直活到現在。

「到底怎麼回事，昌浩會知道嗎？」

獨角鬼滿臉憂慮地說，猿鬼搖頭表示否定。

「很難說，問昌浩還不如問晴明吧？」
「可是我們才剛離開，現在又折回去，那個高大的式神會出來罵我們吧？」
想到老是擺著臭臉的十二神將，三隻小妖就很鬱卒。
「還是去問昌浩吧！」
龍鬼喃喃說著，猿鬼和獨角鬼也表示贊成。
「他快從皇宮出來了，我們去皇宮附近迎接他吧！」
「好久沒那麼做了。」
「召集大家吧！」
這主意太棒了，三隻小妖愈想愈興奮。
正要轉身往皇宮走去的三隻小妖，又察覺地面在晃動。
「哇，又來了！」
地面強烈震動，接著，形成大水池的朱雀大路恍如水面般波動起伏著。
「咦？」
地面開始翻騰。
三隻小妖本能地察覺到什麼，慢慢往後退。
「怎麼回事……？」

除了雨水波紋之外，大水窪的表面還掀起了其他波紋。

粗大的波浪水柱，從朱雀大路的正中央噴射出來。

「有什麼東西要出現了……？」

三隻小妖擠成一團。

整條朱雀大路上，只有這三隻小妖。地面搖晃著，從很大的水窪中躍出一條金色的龍。

「哇啊啊啊！」

三隻小妖嚇得高高跳起來。

金龍瞧都不瞧它們一眼，自顧自地在朱雀大路上游來游去。沒錯，真的是在游泳。

在路上出現的金龍，像魚般從水裡躍出來，降落地面，扭動著又長又大的龍身，氣勢浩蕩地游動著。

朱雀大路是京城南北走向最大的一條路，北端直達皇宮的朱雀門。

金龍煩躁地跳躍了好一會後，蜷起長長的身子，眺望著北方。

小妖們所在的地方，是五条大路與朱雀大路交接一帶。

「那傢伙要去哪裡？」

金光閃閃的龍，雙眼瞪著北方，又高高騰躍起來，鑽入水窪裡。

地面搖晃起來，當震動逐漸減弱，最後只剩微弱的飛沫聲時，金龍就消失不見了。

原本不太引人注意的雨聲，突然變得特別響亮。

茫然若失的三隻小妖慢慢地站起來。

那條龍往北方去了。從這條路直直往北走，走到盡頭就是皇宮。

對小妖們來說，皇宮這種地方毫無意義。但是那裡面有它們認識的人。它們不知道那條金龍是什麼來歷，只知道如果有危險，最好趕快通報裡面的人。

它們慌慌張張地跑起來。

「呼！差不多快寫完了。」

藤原敏次喘口氣，把一疊紙張立起來，咚咚咚地對齊紙的一頭。

這場雨不但讓人精神委靡，還帶來了具體的災害。

紙張的濕氣太重，字就會暈開。無論寫得再小心、再端正，墨水還是免不了會暈開擴散，所以重寫了好幾次。

原本煩惱著不知道該怎麼辦的敏次忽然靈機一動，想到可以用燈台的火將紙張烘乾再來寫。

他這麼試了一下，結果雖然不能完全避免暈開，但總算不會暈開到看不懂的地步了。

「濕度太高，就算通風再好也沒有用……」
他把弄整齊的一疊紙張放進盒子裡，再抱起盒子站起來。
走在外廊上時，遇見了抱著書的昌浩。
「啊，敏次大人。」
昌浩停下來行禮。敏次問：
「要拿去書庫嗎？」
「是的，陰陽師們正在調查地震紀錄，這幾本用不到，所以叫我放回去。」
話才剛說完，又發生了地震，不是很強烈，但地面的確在搖晃。
掛在屋簷下的鉤子和燈籠東搖西晃，柱子也嘎吱作響。建築物的這種吱嘎聲，不管聽過多少次都很難適應。
當搖晃停止時，敏次呼地吁了一口氣。
「地震實在太多了，希望不是什麼天崩地裂的預兆……」
敏次這麼說，昌浩也神情凝重地點點頭。
他們倆都是在平安京出生、長大，不能說完全沒有經歷過地震，但比起其他地方，這裡算是很少發生，現在卻不到半天就發生了這麼多次。
不只敏次，任何人都會擔心是不是就快天崩地裂了。

然而，卻有人對這句話大肆批評。

「就算是徒有其名，畢竟也是立志要當陰陽師的人，怎麼可以隨便說出這種不吉利的話，實在太膚淺了！好好向昌浩看齊嘛！也學學他不明說的深思熟慮嘛！」

直立在昌浩腳邊的小怪豎起耳朵和尾巴，露出尖銳的牙齒。

對於鬼吼鬼叫的小怪，昌浩再怎麼不想妥協，也差不多習慣了。

從道反聖域回來之前，昌浩還不覺得小怪會如此不講道理地挑剔敏次，不知道為什麼，現在對敏次的敵意會這麼強烈。

小怪抬頭看著正在思考原因的昌浩說：

「昌浩！不要理這種人，快把書放回書庫！可惡，如果沒有其他人……」

咬牙切齒的小怪發出可怕的低嚷聲，害昌浩大吃一驚。

——喂，慢著，如果沒有其他人，你想幹什麼？

以前小怪對敏次使用過的種種招數，在昌浩腦中接二連三地浮現。還有沒實際使用過，但列舉過的招數名稱。

對了，其中有一招叫「雷舞」，不知道是怎麼樣的內容，老實說，昌浩還真有點好奇，但總不能叫小怪實際做做看，所以他一直暗藏在心底。

為了怕小怪真的採取行動，昌浩的右腳做好了踩住白色尾巴的準備。兩手都抱著書沒空，萬一沒踩到就麻煩了。

抱著木盒子的敏次憂心忡忡地望著寢宮上方。

重建中的寢宮，敏次當然進不去，但怎麼樣都覺得不對勁，所以每天都要往那裡看好幾次。

敏次沒有靈視能力，只是隱約感覺到空氣中的動盪不安。

曾經跟他談過的成親，以及算是有親戚關係的行成，都給了他相當高的評價，但還是不能保證不是他把事情想得太嚴重。

人不精益求精，很快就會墮落。即使有才幹、有能力，假使缺乏琢磨，也只是毫無價值的寶物。

原本就沒有多少寶物的敏次，更是珍惜努力得來的東西。

對於這樣的敏次，行成的評價是：努力不懈也是一種才能。

看到敏次滿臉嚴肅的樣子，昌浩悄悄地問他：

「你擔心寢宮嗎？」

敏次先是驚訝地張大了眼睛，但很快就點了點頭。

「很擔心，因為寢宮是國家要地……不過，皇上目前是待在臨時寢宮裡。」

沒被燒毀的溫明殿裡，收藏著「三神器」④之一的八咫鏡的仿製品。

而且，寢宮所在的皇宮畢竟是政治中樞，所以即使皇上不在，寢宮仍是這個國家的要地。

「我總覺得寢宮上空有混濁的氣旋，啊，如果我有靈視能力的話……」

敏次真的很懊惱。靈視能力是與生俱來的天賦，再怎麼努力也得不到，只可能中途失去，幾乎不可能中途取得。

昌浩從人界與冥界之交的河岸邊回來時，失去了這項天賦。在出雲時，成親用護符的灰在他額頭上寫了咒語，他才能平安度過那段時間。後來多少吃了一些苦頭，但幸虧有道反的玉石，他又跟失去靈視能力之前一樣，可以看到妖魔鬼怪了。

自己是得天獨厚，真的、真的是得天獨厚。

他知道，自己有很多不擅長的事，但也有很多擅長的事。

只是，他必須變得比現在更強，才能保護要保護的對象。

無時無刻都有人在他耳邊、在他心底不停地說著：你要變得更強。

那聲音是他自己的懦弱。懦弱渴望變強，所以嚴厲地鞭策自己往前走。

昌浩從來沒有對任何人說過，他每晚都會作夢。

夢到同樣的內容。

夢到在出雲的雨中、在劇烈的痛苦中看到的情景。

「……」

昌浩閉上眼睛，一股震顫掠過背脊。他知道，在胸口最深處燃起的灰白色火焰搖晃了一下。

從脖子垂掛下來的道反勾玉摸起來冰冰冷冷的。是從那裡產生的波動冷卻了就要燃燒起來的火焰，鎮壓了騷動。

昌浩張開眼睛，專注地做深呼吸，他必須壓住就快狂奔起來的心跳。

昌浩拚命克制自己的模樣，小怪當然察覺到了。雖然察覺到，卻什麼也不能做，它對這樣的自己感到焦躁。

「嗯……？」

聽到疑問的聲音，小怪把嚴峻的眼神投向聲音來源。

正注視著寢宮上方的敏次眉頭深鎖著。

「怎麼了？無能的冒牌陰陽師！」

明知道敏次聽不到自己的聲音，小怪的語氣還是不由得變得粗暴。

它自己也知道這是在遷怒洩憤。只是把不能為昌浩做任何事的自責，全都發洩在原本就討厭的敏次身上。

雖然不認同敏次，但小怪知道自己是在找他麻煩，只是情感不容許它克制自己，為

敏次著想。討厭的人，無論如何就是討厭。

小怪的這種情感，大概就跟青龍討厭它、忌諱它，甚至痛恨它的感覺一樣。小怪和青龍就像水跟油，永遠不相容。

觸犯天條是青龍如此討厭騰蛇的一大因素，但最大原因還是沒來由地就是討厭他。

所以騰蛇也討厭青龍。

譬如說，倘若晴明內心明明很喜歡神將們，卻只會粗魯地對待他們，或是說些嗤之以鼻的話，神將們就會討厭他。語言是言靈，負面語言會逐漸茁壯，深深扎進對方的內心。誰都無法接受傷害自己心靈的人，在這方面，神將也無法戰勝情感。

對自己惡言相向的人，任何人都不可能有好感。

小怪瞇起眼睛，輕輕地甩甩頭，想轉換心情。

它不否認，自己的情感是被搖搖欲墜的昌浩拖著走了。以前，它從來不會受他人影響到這種程度。

「敏次，有什麼……」

昌浩還沒說完，敏次就緊張地轉向他說：

「昌浩，你看不看得到寢宮上空有什麼？」

「咦……？」

敏次指著天空，繼續對訝異的昌浩說：

「你看，就是那裡，好像有什麼長長的東西飄浮著……」

昌浩往敏次所指的方向望去，不禁瞪大了眼睛。

那是龍。

「貴船的祭神？」

詫異的聲音是來自小怪。昌浩在最初的一瞬間也是這麼想。

「呃，看起來像是龍。」

「龍？真的嗎？」敏次轉過頭，難以置信地看著昌浩說：「為什麼你說是龍？」

「這……」

昌浩吞吞吐吐地說不出話來，小怪拍拍他的腳說：

「就告訴他，你多多少少看得見嘛！是他自己擅自認定你沒有靈視能力的。」

話是這麼說沒錯，但是昌浩沒有當場糾正他，所以自己也有錯。

「昌浩？這種話可不能亂說哦！」

敏次顯然是被惹惱了，昌浩正想為自己辯解時，響起了與現場氣氛格格不入的開朗聲音。

「喲，這不是我家小弟跟陰陽生敏次嗎？」

僵滯的氣氛頓時一掃而空，兩人同時轉過頭。

「哥哥。」

「是成親大人啊！」

一副瀟灑自若卻笑中帶點傻氣的安倍成親，不知何時來到了兩人附近。

小怪坐下來，甩甩尾巴，搔搔脖子一帶。

「成親啊，你每次都出現得正是時候呢！」

「嗯？」

聽到小怪的低語，成親訝異地瞇起了一隻眼睛。

小怪的陰陽講座

④《古事記》與《日本書紀》中記載的三神器是天叢雲劍（草薙劍）、八咫鏡和八坂瓊曲玉。

4

工作時間就快結束了，所以成親堂而皇之地走出曆部，活動活動肩膀。

這時，他聽見小怪的怒吼聲，走過去瞧瞧怎麼回事，就看到氣氛緊繃的昌浩跟敏次。

直覺告訴他，如果不管兩人，很可能發生什麼事，所以他才開口介入。

「工作結束的鐘聲就快響起了，你們兩人的工作都做完了嗎？」

成親站在昌浩與敏次之間，交互看著他們兩人。

表情嚴肅的敏次把嘴巴緊緊抿成一條線，點了點頭。

看到敏次這個樣子，成親慎重地詢問他：

「敏次，我家小弟是不是做了什麼對不起你的事？」

純粹只是確認，話中絲毫沒有苛責的意味。

雖然昌浩是成親的弟弟，但成親絕不會任意偏袒他。如果錯在昌浩，成親就會要他道歉。

敏次慌忙搖著頭說：

「啊，沒有，只是……」
成親用眼神催促他說下去。
敏次有些猶豫地指著寢宮上空說：
「我好像看到那邊有什麼長長的東西，昌浩說是龍。」
成親往他指的方向望過去，果然看到蜷著龐大身軀的龍。
敏次儘可能讓自己保持冷靜，接著說：
「我聽說昌浩沒什麼靈視能力，所以很懷疑他為什麼可以那麼肯定地說那是龍，正在問他原因。」
成親瞥昌浩一眼，昌浩點了點頭。
「原來如此。」
成親了解狀況，眨了眨眼睛。
小怪跳到昌浩的肩上。昌浩沒說什麼，只把視線轉向了它。把耳朵伸向昌浩的小怪，就像在告訴昌浩不用擔心。
「這樣啊，真是太對不起你了。」
成親的道歉，把敏次嚇得驚慌失措。
「為、為什麼成親大人要道歉？」

「因為我早該告訴你的，其實這件事只有我們家人知道，昌浩很小的時候是有靈視能力的。」

「咦……？」

滿臉驚訝的敏次啞然失言。成親又壓低嗓門接著說：

「就在他大約三歲舉辦著袴儀式時，不知道為什麼失去了那樣的能力，但是最近好像又恢復了。」

「是……這樣啊？可是昌浩從來沒提過。」

「啊，我想也是，因為恢復是恢復了，但還沒完全復原，有時看得到，有時又看不到，還不是很穩定。」

敏次轉向昌浩。

昌浩不由得轉向成親。看到大哥對他點頭，他才沉默地跟著點點頭。

「所以他其實很苦惱，因為在必要的時候看不到，等於沒有靈視能力。」

「的確是這樣……」

「以前，他比我們或父親都看得清楚呢！現在是身體狀況不錯，才看得到吧！因為還沒完全復原，不能肯定地說擁有靈視能力，所以他才沒提。雖然是無意欺騙你，但從結果來看，還是欺騙了你，真的很對不起。」

成親又深深低下了頭。

敏次慌忙回說：

「不，有這麼複雜的原因，也難怪他說不出口。」

然後，他突然像想起什麼似的張大了眼睛。

「那麼……」

「是的，」成親望著寢宮上空，壓低聲音說：「那裡的確有一條龍。」

大概是聽到成親的話，龍傲然地望向他們。

不一會兒，金龍就高高飛起，消失在烏雲中了。

「在雲中消失了，那到底是……」

就在成親憂慮地喃喃自語時，小怪毫不吝嗇地稱讚了他。

「真不愧是參議大人的女婿，明明是在蒙混對方，卻從頭到尾沒有半句謊言，太厲害了。」

昌浩眨了眨眼睛。

的確是這樣。

成親適度地陳述事實，巧妙地閃過了重點，卻沒有半點虛假。他沒說謊，只是簡化了道反玉石與天狐血脈的事，換成另一種說法，再把兩件事巧妙地連接起來而已。

成親看著什麼也沒有的天空，低聲嘟囔著：

「金龍啊？究竟是祥兆還是……」

在地震頻頻的今天出現的金龍，恐怕跟地震脫不了關係。

「要向陰陽寮長報告才行。」

表情頓時轉為陰陽寮官員的成親轉過身說：

「這件事交給我處理，你們快把工作做完，早點回家，我覺得有點不安。」

「是，哥哥，你也快點回家。」

「謝謝，成親大人。」

成親舉起一隻手道別，便快步離開了。

昌浩吁口氣，轉向敏次說：

「呃，敏次，真對不起……」

敏次舉起手來制止昌浩往下說，小怪立刻豎起了全身白毛。

「幹嘛?!要打架嗎？我很樂意奉陪！」

敏次看不到正齜牙咧嘴地恐嚇自己的小怪，突然對昌浩低下了頭。

「對不起，昌浩，雖然是不知情，我還是對你說了很過分的話。」

沒想到會聽到這種話的小怪啞然失言，昌浩也驚慌得語無倫次。

「啊，沒有，別這麼說，快請抬起頭來，敏次。」

「你可以原諒我嗎？」

「當然，都要怪我沒說……是我不好。」

達成了和解。

敏次抬起頭，感慨地說：

「你也很辛苦呢！有時看得見，有時看不見。」

昌浩眨了眨眼睛。

剛才敏次還很懊惱地說，如果自己有靈視能力該多好。

現在知道，以為跟自己一樣沒有靈視能力的昌浩其實是有，為什麼還能這麼平靜呢？

「咦，你怎麼了？昌浩，表情好奇怪。」

昌浩眨了幾下眼睛，決定把心中所想的事如實說出來。

敏次聽完後，愣愣地看著昌浩好一會，然後扭了扭脖子。

「這個嘛，你說得沒錯，可是……」

原本以為跟自己一樣缺乏某種東西的人，竟然擁有那樣的東西。

「要說心情不複雜，是騙人的，但是可以坦然面對也是事實。因為你是安倍家的

人，又是安倍晴明的孫子，而我是藤原家的人，立足點就不一樣了。」

占卜術、曆法製作、觀星等技術，只要學習、累積經驗，就能取得卓越的成就。唯有靈視能力，是怎麼努力都得不到的。

「跟別人競爭自己沒有的東西，也毫無意義，所以我會在能力範圍內，磨練自己，培養實力。」

敏次握起拳頭，又突然垂下了眼睛。

最初會以陰陽師為目標，是因為想要協助現在已經不在人世的哥哥。當時，他完全不知道需要靈視能力之類的事，一心只想成為陰陽師，幫哥哥的忙。

雖然是從那樣開始的，但現在的敏次有了更遠大、更堅強的意志。

那是他被血脈與才能徹底擊垮，跨越瘋狂的嫉妒與糾葛，才得到的結果。

外面下著雨，鐘鼓在雨聲中敲響。

「哎呀！糟糕，要趕快做完工作才行。」敏次急忙轉過身，準備離開之前，對昌浩說：「你也趕快結束工作回家去。」

昌浩有點擔心那條金龍，但是成親都那麼說了，就交給他處理吧！

看著敏次離去的背影，昌浩喃喃地說：

「喂，小怪……」

小怪不悅地豎起了耳朵。
昌浩有所壓抑地瞇起了眼睛說：
「敏次很厲害呢……」
他沒有什麼出類拔萃的才能，只是靠著鍥而不捨的努力與堅忍不拔的意志，踏實地往前走。
而自己呢？
有能力也有天賦，卻保護不了重要的人，連約定的事都做不到。
雨聲會清楚地喚醒那天的記憶，所以昌浩真的很想摀住耳朵不要聽。
好想變強，自己必須變強才行，但是怎麼樣才能變得強呢？
想破了頭，反而愈想愈不清楚了。
「你也很厲害啊！」
「有嗎？」
「你在說什麼啊……振作點嘛！晴明的孫子。」
昌浩低下頭，沉默地走向了書庫。
坐在肩上的小怪啪噠垂下了尾巴。
只有昌浩，被小怪（紅蓮）稱為「晴明的孫子」。然而，昌浩現在被一件事壓得喘

不過氣來，完全沒有餘力思考其他事。

過一段時間，應該會冷靜下來。在那之前，只能儘可能不要去碰觸他心靈的傷口，不要去摳他的傷疤。

現在，小怪只深深期盼，可以平安無事地度過這段時間。

但是剛才出現的那條金龍，彷彿在告訴它，將會事與願違。

昌浩從書庫出來後，忽然停下腳步，轉移了視線。

昌浩腳下的小怪歪著頭，眨了眨眼睛。

神將六合在兩人面前現身了。

「六合，怎麼了？」

六合用缺乏抑揚頓挫的語調，對關上書庫門的昌浩說：

「我來找勾陣。」

「勾？」

小怪反問，六合默默地點了點頭。

小怪甩一下白色尾巴說：

「勾不在喲。」

「不在？」

六合困惑地皺起眉頭。

昌浩接著回答：

「嗯，她應該在家裡陪著彰子。」

平常是天一、玄武或太陰陪在彰子身旁。但是，天一才剛回來，朱雀不會放她走，太陰也是好不容易才剛從異界來到人界。玄武應該在裡家，但是怕萬一發生什麼事，玄武一個人應付不來。

昌浩這麼判斷，所以拜託勾陣留下來。

「這樣啊……」

六合嘆口氣。

他還以為既然勾陣回來了，就會跟小怪一起陪在昌浩身旁。

「你找勾有什麼事？我們正要回家，我幫你轉達。」

小怪縱身跳上昌浩的肩膀，舉起一隻前腳。

六合點點頭說：

「好吧，幫我轉達。」

就在這一瞬間，建築物搖晃起來。

三個人的表情都變得僵硬。今天到底發生了幾次，已經數不清楚了。

搖晃的建築物發出微弱的吱嘎聲響。為了謹慎起見，他們打開書庫的門，檢視裡面成堆的資料有沒有倒下來。

「停了嗎……？」

「應該停了。」

昌浩關上門，鬆了一口氣。

六合眼神嚴肅地看著他說：

「風音很擔心地震的事。」

連身為道反大神女兒的風音也預測不到最近頻頻發生的地震，可見這不是一般的地震。

「她怕只憑自己的直覺，很可能是杞人憂天，所以想聽聽勾陣的意見。」

小怪點點頭說：

「我回去再告訴她。最好讓她們直接談嗎？」

「嗯，風音現在不能離開臨時寢宮，勾陣最好能去一趟。」

「知道了。」

看著他們兩人對話，昌浩有種懷念的感覺。

去年冬天，小怪與六合兩人總是跟在自己身旁。
他不由得望向北方天空。
過了乞巧奠之後，應該看不到貴船的螢火蟲了。
——明年夏天，去貴船看螢火蟲吧……
天真地勾著手指約定，是一年多前的事了。
那時候的自己，還什麼都不知道。對於彰子是左大臣家千金這件事，也是只有大腦清楚，卻沒有絲毫的真實感。
忽然，左胸的地方抽痛了一下。
昌浩下意識地把手伸到那裡。
想到貴船，他赫然張大了眼睛。
殘留的淡淡刀疤，是彰子被妖魔操縱時刺傷的。
心臟撲通撲通跳動著。
那之後，彰子就活在窮奇的陰霾中，一個人承受著痛苦。事後才知道的昌浩，責備彰子為什麼不告訴自己。
他抓住了衣服。
現在，他總算了解彰子的心情了。親手刺傷昌浩這件事，深深刺痛了彰子的心。

他的心好痛。

不知道彰子的傷是不是痊癒了？是不是消失了？

他希望是。他不要彰子受傷，不管是身體上或是心理上，他都無法忍受看到彰子受傷。

與其讓彰子受傷，他寧可自己受傷。

「……」

小怪與六合都發現，遙望著天空的昌浩鑽進了牛角尖裡，走不出來。

黃褐色的雙眸疑惑地轉向小怪。

小怪聳聳肩膀，只做出「等一下告訴你」的嘴形，六合也以眼神回應。

「臨時寢宮怎麼樣了？六合，脩子平靜下來了嗎？」

小怪改變了話題，六合回它說：

「嗯。」

「是嗎？那就好。」

六合眨了眨眼睛，很訝異小怪也會關心小孩子。

「幹嘛……」

小怪懷疑地瞇起眼睛，六合趕緊擺出沒什麼的表情，忽然想起來似的說：

「對了，皇上今天也召見了晴明，我看見他進了寢殿。」

「召見晴明？發生了什麼事？」

六合搖搖頭說：

「我沒進寢殿，所以不知道詳細情況。不過，除了皇上、道長和行成外，還有兩個從伊勢來的使者也在場。」

除了這五人，其他人全部離開了。平常會隔著竹簾與屏風待命的侍女們，也全都退下了。

「公主聽說自己去探望皇后時，皇上召見過晴明，就很生氣地說為什麼不通知她。」

「生氣？為什麼呢？對了，六合，你今天的話特別多呢！真難得。」

「因為我看你好像很擔心公主啊。」

「不，擔心公主的不是我……是現在心飛到其他地方的人。」

小怪把耳朵指向昌浩，六合恍然大悟地眨了眨眼睛。

「繼續說，脩子為什麼生氣？」

「她說既然晴明來了，為什麼不請他去看看皇后。」

懷孕的皇后定子身體狀況不太好，一直躺在床上。晴明既然來了，就可以替她進行病癒祈禱或唸咒文，卻因為沒有通報，而錯過了這次的機會。

「皇后的情況這麼糟嗎？」

六合搖搖頭，對緊皺著眉的小怪說：

「我也不清楚，只知道她真的在床上躺了很久。」

小怪低喃著：

「嗯……事情一件一件接連發生，那個白髮女人也是大患。」

六合的眼神轉為嚴峻。

白髮女人不只出現在寢宮的溫明殿，還出現在臨時寢宮。她的打扮與十二神將相似，擁有極大的靈力。

想起與神的女兒風音打得難分難解的白髮女人，小怪就垮下臉來。

不管怎麼樣都覺得，自己這方是處於被動狀態。說不定，那個白髮女人現在也在哪裡盯著他們，只是他們都沒有察覺而已。

「這場雨、地震和那個女人，會不會有什麼關聯呢？」

小怪當然希望沒有任何關聯。然而，神將的直覺儘管沒有陰陽師那麼靈驗，也絕不能輕忽。

「我也不願意那麼想，但是不由得就會這樣想吧？」

小怪瞪著神態淡然的同袍，皺起了眉頭。

「真是的……」

還有一件事。

昨天去見貴船祭神時聽到的喃喃自語，也讓小怪大感疑惑。

——我會努力試著去阻止。

那是什麼意思呢？

夕陽色的眼睛瞥了昌浩一眼。

看到的是蒼白的側臉，還有自己把自己逼入絕境時的特有眼神。

小怪嘆口氣，陷入沉思中。

不能讓現在的昌浩承受更大的負擔了。所以如果他沒聽見，最好就不要告訴他。

這麼判斷後，小怪用尾巴拍拍昌浩的背。

「嗯……？啊，什麼事？小怪。」

「在天黑之前趕快回家吧！」

「啊……」

因為烏雲的關係，天色暗得特別快，已經很久沒看到夕陽了。

「嗯，沒錯。」

聽完兩人對話，六合轉身準備往回走。

「那麼我回臨時寢宮了。騰蛇，拜託你轉達給勾陣。」

「嗯，知道了。」

小怪舉起一隻前腳，六合輕輕以眼神回應，就隱形不見了。

走在外廊上，昌浩拉拉坐在肩上的小怪的尾巴。

「我剛才沒仔細聽你們在說什麼，有沒有提到公主怎麼樣了？」

「他說平靜多了。何況有風音在，應該不會有事吧！」

而且，還有隱形的六合在。不管倏子面臨什麼樣的危險，這兩人應該都能應付自如。

「對了，聽說今天晴明又被召去了臨時寢宮。」

「爺爺？」昌浩驚訝地反問。

小怪歪著頭說：

「皇上召見，當然不能不去。可是，在這樣的大雨中接連幾天外出，真的有點辛苦，而且晴明年紀又大了，皇上和那些貴族們應該稍微替他想想。」

曠世大陰陽師安倍晴明還必須健健康康地活著，否則很多人都會很煩惱。尤其是昌浩，處於那樣的狀態，一定會有需要晴明協助的時候。

最根本的問題是，除了晴明之外，沒有其他陰陽師值得信賴。

晴明的兩個兒子都很優秀，但還沒有資格成為接班人，孫子們也一樣。而唯一被視為接班人的小孩，正面臨重重的問題。

面對問題是成長的必要過程，但是如果太過沉重，很可能因為無法承受而崩潰。

「應該是為了這場雨吧！說不定已經稟奏皇上，要在貴船祈禱止雨。」

小怪聽著昌浩的猜測，瞇起了眼睛。

人要面對種種試煉，但不管多大、多痛苦的試煉，只有合乎我們能力的挑戰才會出現。

然而，也有自己一個人無法克服的時候。

昌浩心中的問題，就是光靠他現在的力量無法克服的那一種。

只要跨越，就會有飛躍的成長，但跨越不了而被擊潰的危險性也很高。

小怪的胸口，總是充斥著如履薄冰的感覺。

有誰可以打破這樣的僵局嗎？不論是誰都好。

5

安倍晴明憂心忡忡地看著天球儀。

有神氣降落在不發一語、眼睛也不眨一下的老人背後。

現身的神將青龍望著主人精神緊繃的背影，彎起膝蓋盤坐下來。

雨聲不絕於耳。

進入傍晚的酉時之後，屋內已經暗了一半。

青龍無聲地站起來，確定燈台還有油後，點燃了燈芯。晴明的房間裡還有朱雀殘留的神氣，只要把那股神氣具體化，就可以輕易點燃火焰。即使朱雀不在，其他同袍們的神氣也可以把火點燃。

五十多年前，神將們剛成為式神時，朱雀第一次完成的使命，就是替為沒有火種而煩惱的晴明解決了問題。

一切都是從這些小細節開始的。

溫暖的橙色燈光在室內慢慢地擴散開來。

看到燈火，老人才猛然回過頭。

「宵藍嗎？麻煩你了。」

「不會。」

青龍又在晴明背後盤坐下來，不再開口說話。

青龍原本就不多話，沒必要開口時，向來保持沉默。

「……」

老人偏頭看一眼青龍，微微一笑。

在十二神將中，晴明只給神氣最酷烈的四名鬥將取了名字。但是，平常只會叫騰蛇和青龍的名字。

不叫六合與勾陣的名字，是因為他判斷不要叫比較好。

反覆叫喚紅蓮與宵藍的名字，言靈就會沁入他們的心靈與靈魂。而注入名字裡的咒語，是晴明的心願。

六合與勾陣的名字不同於他們，是注入了警戒的咒語。這兩人不會把喜怒哀樂寫在臉上，體內深處卻有著跟紅蓮、青龍一樣，甚至更剛烈的性情。替他們取名字，是為了壓抑那樣的性情。

這就是他們跟紅蓮、青龍之間的決定性差異。

「宵藍啊……」

被叫到名字的青龍只轉了轉眼睛。

晴明轉向神將，重重地嘆了口氣。

「老實說，我正在煩惱，該不該遵從皇上的命令。」

「皇上的話就是聖旨，不得不遵從吧？」

青龍淡然地說，晴明苦笑起來。

「說得也是……聖旨非遵守不可，即使要鞭策這身老骨頭，我也得去伊勢，但是……」

晴明苦惱的不是這個問題。

老人佈滿皺紋的臉蒙上陰霾。

「就算是聖旨，我也不可以帶彰子去。」

晴明的眼神帶著憂慮。

對方是至高無上的存在，除了神以外，這世上沒有人可以違背他的意志。

但是……

「……」

晴明深深地嘆口氣，一隻手按著額頭。

「該如何是好呢……？」

聽到晴明左右為難的低吟，青龍面不改色地說：「很簡單。」

晴明驚訝地抬起頭。

向來表情兇惡的神將，藍色雙眸盯著主人說：

「就照皇上的旨意去做，除此之外別無他法。」

晴明皺起了眉頭。

同時，白天的情景浮現腦海。

◇　◇　◇

皇上希望住在安倍家的遠親女孩，可以陪同脩子公主前往。

而皇上的希望，不管他本人有沒有那樣的意思，都是一種採取委託形式的要求，身為臣子的晴明沒有拒絕的權利。

但是唯獨這件事，晴明不能退讓。

臉色蒼白、說不出話來的晴明，瞥一眼面無血色的左大臣藤原道長，冷靜地做了個深呼吸。

他必須讓急速的心跳緩和下來，想辦法扭轉局勢。

「皇上，請恕我直言……」

聲音差點顫抖起來。

當今皇上的年紀，對晴明來說相當於孫子。他通情達禮，自己有錯時，會坦然向臣子們道歉，有願意改變自己想法的度量。

現在只能賭這一點了。

「借住在臣家中的女孩，是因故不得不離開父母，才來投靠臣下。她的父母如果聽說自己的孩子要遠赴伊勢，心情一定十分沉痛。」

竹簾後的年輕人似乎有所感觸，沉默不語。

「臣晴明完全能體會皇上的心情，但是，關於同行這件事，還是懇請皇上收回成命。」

「……」

皇上看起來很煩惱，緊握著手中的扇子，低下了頭。

忽然，建築物搖晃起來。

所有人都臉色發白。向來堅固的京城，地基正在震動。

久久不停的雨再加上這樣的天災，更喚起了人們內心的不安。

「……」

大約數完三十下心跳，搖晃才平靜下來。這次很強烈，彷彿還聽得到建築物的吱嘎聲。

陰鬱的沉默蔓延開來。

現場有六個人。

包括伊勢的神祇少佑大中臣春清、伊勢齋宮寮的官員磯部守直與右大弁藤原行成。

還有隔著竹簾端坐在高一階位置的當今皇上、坐在竹簾前面的左大臣藤原道長，以及安倍晴明。

所有人都緊張地等著皇上的回應。

春清和守直都希望遵從神詔，盡快把脩子公主帶到伊勢的神宮。

神明下詔沒多久後就發生了地震，不只天候，連大地都出現了異象，而且是出現在京城，也就是皇位所在的維護國家安寧的重地。

在伊勢這個充滿神氣之處從事祭神工作的兩人，都深切感受到其中的嚴重性。

皇上內心的掙扎，他們都可以理解，但是沒有時間了。降臨在齋王恭子公主身上的天照大御神的神詔，非照辦不可。

藤原道長的心情應該比誰都複雜吧！因為借住在晴明家的女孩，是他的女兒彰子。

由於彰子受到異邦妖魔的詛咒，不能入宮，他就把彰子同父異母的姊妹章子，偽裝成彰子，送進了宮裡。會把彰子寄放在安倍家，就是認為可以放心，沒想到會發生這種事。

道長強裝平靜，雙手緊握在膝上，壓抑住顫抖。

他不是怕彰子的身分被揭穿，而是當初不得不放手的愛女，將要前往不知道會發生什麼事、面臨什麼危險的伊勢，這樣的不安幾乎壓得他喘不過氣來。

掌握國家中樞、與所背負的政治重責奮戰，都還比不上讓彰子去伊勢可怕。

不過，要說完全沒有政治策略或考量，是騙人的。藤原道長還是必須守護他身為左大臣的地位與權力，如果因此失勢，就便宜了目前按兵不動的政敵。

但是，父親對女兒的擔心也是真的。

借住在安倍家的女孩，表面上與他毫無關係，所以他現在完全不能介入。

拜託你了，晴明，無論如何都要阻止這件事。

面不改色的藤原道長在內心這麼吶喊著，晴明都清楚聽見了。

「皇上，請三思……！」

晴明愈說愈激動，深深跪拜磕頭，行成也開口挺他。

「請恕臣直言，皇上。」行成感覺到竹簾後的皇上將視線轉向了自己，趕緊雙手伏地說：「臣認為，現在就回應，似乎有些倉卒。而且，也該顧慮公主的心情，不如儘可能延緩時間……」

然後，他又轉向從伊勢來的使者，平靜地質問：

「即使公主前往伊勢的事已成定局，也不用急著現在出發吧？」

「右大弁，」守直毅然回說：「話是沒錯，可是現在是分秒必爭，不能再拖下去了。」

「……」

行成咬住下唇。

如果身體狀況不好的皇后定子知道這件事會怎麼樣呢？一想到就會心痛吧？心痛對身體的影響不知道有多大呢！

行成臉上隱約露出焦躁的神色。

晴明看到，懷疑地皺起了眉頭，因為行成很少露出那樣的表情。

那樣子，好像他本身也不想把脩子送去伊勢。

「左大臣……」沉默許久的皇上神色凝重地命令藤原道長：「朕要跟晴明單獨談話，請所有人離開。」

皇上的聲音異常生硬。

「行成，你回你的工作崗位，謝謝你去接晴明，辛苦你了。」

藤原道長的肩膀微微顫抖著。

「是……」

一鞠躬後，藤原道長對行成、春清、守直使了使眼色。他們也跟著他，一鞠躬站起

來，悄悄地退出了寢殿。

這期間，晴明低聲呼叫神將。

「天后。」

《我在這裡。》

神氣在身旁出現。

「去幫我看看陰陽寮的狀況，看看吉平跟吉昌他們有沒有受傷。」

剛剛震得很強烈。臨時寢宮沒什麼事，可是陰陽寮有很多東西，晴明擔心他們會不會被掉下來的東西砸傷。

如果在家裡就不用擔心了，可是，陰陽寮是很特別的地方。

《遵命。》

神氣離開了，晴明身旁只剩下一個神將隨從。青龍向來不突顯自己的存在，但是呼叫他，他就會立刻現身。

只剩下兩人的寢殿內，飄蕩著陰鬱的靜寂。

沉重的壓力排山倒海而來，晴明緩緩地做了幾次深呼吸後，終於聽到了雨聲。雨一直下著，剛才卻完全被心跳聲掩蓋了。

「晴明，靠過來。」

老人猶豫地皺起眉頭，跪著以膝蓋爬行到竹簾前。

「再靠近一點，到竹簾裡面。」

「可是……」

「沒關係。」

晴明拗不過皇上的堅持，鑽過竹簾，端坐在皇上面前。

竹簾停止搖晃，陷入寂靜，只聽得到雨聲。

忽然，天搖地動。

「唔……！」

晴明和皇上都屏住氣息，全身不由自主地僵硬起來，默默熬過震動。

搖了很久。

好不容易停下來時，年輕的皇上滿臉憂愁地開口說：

「晴明……大地的搖晃，是不是代表著什麼？」

低著頭的年輕人緊緊握住手上的扇子，握得太用力，手指都發白了。仔細看，就會發現他在發抖。

「天照大御神說，這是有違天意的雨。那麼，地震呢？代表國家的大地會搖晃，是因為朕做錯了什麼，惹神明生氣了嗎？」

晴明聽得目瞪口呆，皇上悲痛地沉吟著。

「朕實在不想……把孩子送去遙遠的伊勢……！可能的話，就算不擇手段也要阻止這件事，把她留在身旁……！」

皇上似乎再也忍不住了，肩膀顫抖起來。

「會發生地震，是不是因為上天要懲罰朕這樣的想法？晴明……！」

脩子才五歲，他真的不想把年紀這麼小的女兒送去伊勢。這是身為父親的皇上，內心真正的想法。

然而，他既是孩子的父親，也是這個國家所有人民的父親。

因為偏愛自己的孩子，而做了錯誤的選擇，很可能給數萬人民帶來災難。

高居上位的人、高居帝位的人，不能以「我」來裁決事情。既然這樣，他希望起碼晴明和安倍家的女孩可以同行，好讓他的心平靜下來，覺得有所依靠。

這就是為全國人民而存在的皇上，唯一的個人意志。

「只要能平息神的憤怒，朕會趴下來道歉，也會把脩子送去伊勢。可是，我的心不會受到束縛！無論如何，不想送她去的心情，朕怎麼樣都無法壓抑……晴明！」

難道連這樣都不行嗎？連心中的想法都不能有嗎？

晴明正要開口時，又發生了地震。

皇上似乎想說什麼，但發不出聲音，咬住了下唇。

一說出口，就會成為言靈。言靈會傳到神明耳裡，所以他不能再說什麼。

他只是緊緊地握著扇子，顫抖著肩膀。

那樣的他，只是一個在公私之間搖擺的年輕人。

晴明低頭思索。

也難怪，他才二十一歲。

「這或許是有違天意的霪雨，可是……」

晴明的一字一句都說得很肯定，清清楚楚地傳入了年輕人的耳裡。

「地震並不是您想的那樣，皇上，您太杞人憂天了。」

皇上顫抖著肩膀，緩緩抬起了頭。

「晴明，真的嗎？」

「是的。」

「朕應該相信你嗎？聽說你的話具有力量。」

「是的，臣晴明不會讓皇上做出不該做的事。」

老人肯定的語氣鏗鏘有力。

皇上注視著晴明，走投無路的眼神貫穿了晴明。

「那麼，晴明，朕要拜託你一件事。」

「是……」

皇上用急切的聲音說：

「你可不可以幫朕占卜，看看天照大御神的神詔是不是真的？是不是真的要把脩子送去伊勢？」

結果顯而易見，但是，皇上還是無法捨棄「是否有哪裡出錯」的希望。

晴明嚴肅地點點頭。

「臣遵旨。」

然後，晴明低下頭對皇上說：

「如果神詔是真的，臣會遵從旨意，隨公主前往。至於臣家裡的那個女孩，臣懇請皇上再多給點時間。」

雨聲響起。

很長一段時間，晴明都保持行禮的姿態，動也不動。

皇上正要開口時，建築物又搖晃起來。

「……」

晴明瞇起了眼睛。這絕對不是上天對皇上的想法表示憤怒，但是直覺告訴他，這樣的地震也絕對不是一般的自然現象。

等搖晃停止，皇上才黯然地回答：

「朕答應你……你可以退下了。」

聽到皇上虛弱無力的聲音，晴明深深低下了頭。

◇　◇　◇

離開皇上的寢殿時，已經過了酉時很久。也就是說，晴明與皇上一對一交談了很長的時間。

聽說道長一直在等他們結束談話，等到申時，後來因為有職務在身，就先去了皇宮。

晴明嘆了一口氣。

幸虧道長不在了。

身為皇上的人，其實不該吐露自己的心聲。所以即使對方是左大臣，晴明也不能把這件事說出來。

結果，與皇上一對一談完後，晴明就忘了行成要他去見脩子的事。

因為真的沒有那種心情。

忽然，想起行成聽說脩子要去伊勢時的表情，晴明有些擔心。

可是，現在實在沒有時間思考這些事。

晴明重整思緒，把座位移到式盤前，神情嚴肅地盯著式盤。

看到晴明死盯著式盤動也不動，青龍不耐煩地說：

「不管占卜多少次，都不能改變公主要去伊勢的事實吧？神宮的人不可能冒用天詔大御神的名義。」

晴明當然也知道，皇上的希望只是垂死的掙扎。

大腦明知道是這樣，情感上卻無法接受。所以為了說服自己，皇上才拜託晴明占卜。

皇上是天照大神的後裔，不用思考，憑本能就能知道神詔是真是假。

青龍又毫不客氣地對面有難色的晴明說：

「如果神詔是真的，你打算怎麼做？」

「我就去伊勢啊！我也這樣告訴皇上了。」

「我知道你會去，問題是彰子小姐。」

晴明沉下臉，看一眼神將，發現他的表情沒有絲毫的改變。

「不管讓她去伊勢，或不讓她去伊勢，事情都很難解決。」

「宵藍……不要戳我的痛處。」

「我只是陳述事實，逃避現實有什麼好處嗎？」

「沒有……」

老人呻吟般地回答，深深嘆息。

「有時候我會懷疑，你是不是很討厭我？譬如說現在這種時候。」

還以為這麼說可以反擊一下，沒想到青龍沒有任何反應。

「不管你怎麼想，都是你的情感問題，與我的意志無關，而且，」藍色雙眸閃爍了一下。「我對彰子小姐也沒有什麼特別的想法，只是因為你很在意她，所以我配合你的意願而已。」

晴明不由得盯著青龍看。

無論朱雀也好，青龍也罷，神將們有時候會毫不猶豫地清楚表達自己的想法。

不管面對誰，他們自始至終都會把自己心目中最重要的視為第一優先。

這樣的他們會不會太極端了？

譬如紅蓮，在必要的時候，會把晴明和昌浩視為第一優先。他對彰子的好，就跟青龍剛才說的一樣，是因為晴明和昌浩都很在意彰子。

昌浩下定決心要保護彰子，所以紅蓮也保護彰子。但是，要問昌浩與彰子哪個重要，紅蓮的心絕對不可能傾向彰子。

當對象是僅有十二人的同袍時，思考的角度應該又完全不同吧！

「喂，宵藍，可以問你一件事嗎？」

「什麼事？」

青龍懷疑地看著突然發問的晴明。

「假設我跟吉昌都被妖怪襲擊，快沒命了，你會救哪個？」

青龍沒想到晴明會問這種問題，含糊地說：

「我有必要回答嗎？」

晴明在心中嘀咕著是沒必要，卻又接著說：

「那麼，如果我跟紅蓮……」

青龍眼中閃過殺氣騰騰的兇光，晴明慌忙改變對象。

「不是紅蓮……對了，如果是勾陣跟我同時有生命危險，救了其中一個，另一個就會沒命，其他人又沒辦法出手時，你會去救哪一個？」

「……」

這回青龍沒有馬上回答，沉默不語，很認真地煩惱著。

晴明想到以前的確有過這樣的狀況。

當時，自己因為天狐之血失控而差點落入冥府，勾陣也身負重傷，幾乎到了垂死的地步。

結果是青龍留在自己身旁，紅蓮去救勾陣。不過，那是天空翁的安排，並不是青龍的意志。

那麼，在沒有人指使之下，青龍會怎麼做呢？

「……」

青龍還是沉默不語。

看到他思考這麼久，發問的晴明開始覺得歉疚時，神將才開口說：

「這種事要到時候才知道。」

晴明嗯地點點頭。

說得也是。對神將來說，晴明與同袍雖是不同次元的人，但應該是同樣等級。晴明一直覺得，在十二神將之間，說不定沒有所謂優先順序的想法。看來，自己的想法是正確的。

「對不起，問你這麼過分的事。」

青龍板起了臉，一副很想抗議的樣子，但忍住了。

對十二神將而言，自己是最初的主人。
晴明知道他們有多在乎自己，也知道神將們對人類有感情，都是因為自己的關係。
年輕時，晴明並不在乎這種事，但是，人類都會死，總有一天，他也要渡過那條河川。而且，那一天不遠了。
只要晴明開口，神將們就會留下來，繼續跟隨安倍家的人。但是晴明希望，到時候他們是自願留下來，而不是因為晴明的命令。不知道這麼想，會不會太自我了？
「這是痴心妄想嗎……？」
聽到老人的喃喃自語，青龍疑惑地瞇起了眼睛。
「你說什麼？」
「沒、沒什麼，只是自言自語。」
老人把手伸向式盤，咔啦咔啦地轉動盤子，逐一解讀。
這麼做了一會兒之後，他重重地吁了一口氣。
其實心裡早就有數，神詔是事實，他不過是再確認而已。
只是……
晴明抬起了頭。
「朱雀、太陰。」

被叫到名字的神將很快就現身了。
「怎麼了？晴明。」
「發生什麼事了？」
兩人都聽得出晴明的聲音有點急迫，滿臉緊張地等著主人下令。
晴明轉向神將們說：
「不好意思，我不久後要去伊勢，所以想先請你們去神宮瞧瞧，我必須知道現在的狀況怎麼樣。」
「伊勢？」太陰不由得反問。
晴明點點頭說：
「是的。」
天照大御神是在幾天前下了神詔。磯部守直儘可能以最快速度趕到了京城，但是，只要幾天時間，情況就可能一變再變。
就在這時候，發生了地震。神將們不怕地震，只是覺得未免也太頻繁了，有點擔憂。
「又來了……光今天就發生這麼多次地震，太不尋常了，晴明。」
朱雀將雙臂環抱胸前，晴明眼神銳利地望向外面。

「這場雨和地震都意味著有事發生了。為了找出原因，我也必須去查看伊勢的狀況。」

晴明苦笑起來，又接著說：

「對不起，朱雀，天一才剛回來就要麻煩你。」

朱雀微微張大了眼睛，撇嘴一笑說：

「不用介意，天貴現在待在異界，跟天空、太裳在一起，一點都不用擔心。」

只要知道天一在安全的地方受到保護，朱雀就沒有任何畏懼了。

「走吧！太陰。」

「晴明，我們走了，再從那裡送風回來。」

兩人拉開木門，走到外廊上，瞬間就被太陰的強風包圍了。

晴明會選擇太陰而非白虎，表示時間已經不多了。

當風消失得不留痕跡，又恢復寂寥的雨聲時，晴明大嘆了一口氣。

在接到兩人的報告之前，他什麼也不能做。

「不，等等……」

他的眼中閃過了什麼，清楚看見的青龍，本能地產生了危機感。

「晴明，你在想什麼？」

青龍正要站起來逼問時，從大門口傳來「有人回來」的通報。

青龍察覺到小怪氣息，不悅地皺起眉頭，就那樣隱形了。

只留下晴明一個人無奈地苦笑起來。

彰子出去迎接昌浩的聲音斷斷續續地傳來。因為不時被雨聲遮斷，所以聽不清楚她在說什麼，不過，可以猜想是在擔心被雨淋濕的昌浩。

昌浩和小怪也都做了回應。在這裡光聽聲音，感覺是很溫馨的畫面。

然而，晴明也發現了昌浩的危機。

拿著式盤的晴明不由得喃喃自語起來。

「該怎麼辦呢……？」

昌浩心底有深深的創傷。

該怎麼做，才能療癒呢？

6

黑漫漫的黑暗，因為雨的關係，感覺更沉重了。

子時過了一半，昌浩才從房間溜出來，他已經很久沒這麼做了。

他先給自己施加了蔽雨術和暗視術。

身上的裝扮是與黑暗融為一體的深色狩衣、狩袴，解開了髮髻，把頭髮紮在頸後，手上戴著手套。

爬過圍牆時，他感慨地嘟囔著：

「好久沒這麼做了。」

他跳下馬路，等著小怪跳下來，就看到白色異形在黑暗中縱身躍起。

啪嗒著地的小怪，不悅地低頭看著自己沾滿泥土的白毛。

「唔唔唔唔唔唔！」

「沒辦法啊，小怪。」

「唔唔唔唔唔唔唔！」

小怪不甘心地埋怨著，走在昌浩身旁。

大概有一個月沒像這樣溜進夜晚的京城了。

從出雲回來後，曾經去過貴船一次，但那次也是過半夜就回到家了。

真的很久沒有過半夜才從家裡溜出來了，有種新鮮感。

「已經出來了，你要去哪裡？昌浩。」

昌浩邊走向戾橋，邊回答小怪：

「我想去鴨川，看看河堤潰決的情況。」

聽說勉強堵住了，可是雨再繼續這麼下的話，遲早會完全潰堤吧？

昌浩走到戾橋堤旁，停下來呼叫橋下的妖車。

「車之輔！」

飄浮在車輪中央的鬼臉看到昌浩，開心地笑了起來。

妖車看準可以踩的地方，靈活地往上爬，以免從濕滑的河堤摔落下去。就在還差一尺遠就爬到上面時，又發生了地震。

車體搖晃起來，從濕漉漉的河堤滑落下去。

哇啊啊啊啊！

昌浩聽不見的車之輔慘叫聲回響繚繞著。

「車之輔！」

嚇得臉色發白的昌浩正要衝下河堤時，被小怪拉住了。

「不行，滑下去怎麼辦！」

「可是……」

小怪受不了地看著面無血色的昌浩，指著河堤下方說：

「它只是輪子滑了一下，不用擔心。」

車之輔滑落到河岸邊緣搖搖欲墜，它不禁臉色慘白，車體嘎吱顫抖著。以人類來形容，就是嚇得奄奄一息，全身虛脫。

恢復神智後，車之輔又小心地從河堤往上爬。

千辛萬苦地爬到路上後，車之輔淚眼婆娑地對小怪說：

《式神大人，地震、地震……》

「我知道、我知道，已經停了，你冷靜點。」

哭得抽抽噎噎的車之輔，好像很怕地震。

「小怪，車之輔怎麼了？」

昌浩覺得車之輔有點奇怪，擔心地把手放在車輪上。

「它好像很怕地震。」

「這樣啊。」

昌浩倒是不知道這種事。

他安慰地拍拍車之輔的車體。

「車之輔，你還好吧？摔下去時有沒有傷到哪裡？」

《沒、沒有，主人，在下毫髮無傷，請不用擔心。》

「它說……」

一再抗議「不要透過我翻譯！」的小怪已經懶得再抗議，不等昌浩問，自己就先把車之輔的話翻譯出來了。

「那就好，呃，車之輔，麻煩你載我去鴨川，我想去看看快潰堤的地方。」

昌浩一拜託，車之輔立刻將車體改變方向，掀起了後車簾。

昌浩先把小怪抱上去，自己再爬上車。

車之輔用鬼火照亮了馬路，往前奔馳。

在沒有任何燈火的道路上，車之輔也跑得四平八穩。

泥濘的道路上，到處都是大水窪。車之輔儘可能迂迴繞路前進，以免卡在水窪裡。

要是再像前幾天那樣，輪子卡在泥濘裡拔不出來的話，不但浪費時間，還會給小怪添麻煩。

車之輔極盡所能，希望至少能避開這些事。

車內的小怪似乎聽到了妖車心裡的話，猛搔著脖子一帶。

其實要把卡進泥濘裡的輪子拔出來，並不困難。更何況，車之輔也不想卡進去，所以沒有理由責怪它。

從車窗往外看的昌浩，聽到跟雨聲不一樣的水聲。

快到鴨川了。

昌浩掀起前簾，專注地往前看。

雨絲清晰可見，傾瀉而下的沉重大雨，雨聲愈來愈響亮。

等車之輔停在適當的地方後，昌浩就下了車，爬上河堤，小心不讓自己滑下去。小怪跟在他後面，打算有什麼萬一時，就頂住他。

在一片漆黑中，爬上了河堤的昌浩低頭俯瞰流水淙淙的鴨川。

混濁的泥水濺起飛沫。

水位比想像中高漲許多。

昌浩環顧四周，看到堆積的沙包。

「在那裡。」

他往沙包移動，確認河堤的狀況。

在河堤上跳躍是沒什麼感覺，但地盤應該是整個鬆動了。

昌浩單腳蹲下，把手放在河堤上，調整呼吸。

「禁……」

施加的短咒是抑止潰堤的咒語，只是不知道能撐多久。

洶湧的河水，一定強過昌浩的法術。

「維持不了多久。」

「嗯，可是有做總比沒做好。」

從烏雲密佈的天空不斷地降下大粒雨滴，完全沒有停止的徵兆。

「止雨的祈禱不知道怎麼樣了。」

皇上召見爺爺，應該就是等著晴明稟報這件事，陰陽寮卻沒接到任何通告。

難道是高階人員已經在安排日子，只是昌浩這種低階的人不知道而已？

「可是父親什麼都沒說啊……」

天文博士吉昌不可能不知道，所以，難道今天的召見與這件事無關？

「好討厭的雨。」

昌浩真的很討厭似的嘀咕著，又望向河面。

湍急的河流捲起了漩渦，掉下去應該會沒命。

「喂，小怪，天后或玄武可以掌控河水嗎？」

跟昌浩一起看著河流的小怪面有難色地說：

「可能可以暫時掌控吧……但是，不能根本地解決問題。」

「話是沒錯，可是若能夠暫時掌控，大家也會比較放心。」

要讓雨停下來，恐怕很困難，因為神將們管不了天候。

「我不好說什麼，你回去再問晴明吧！」

「我會的。」

昌浩點點頭，轉過身去，又小心翼翼地往下爬。

慢慢地走，踩準地方，好不容易才安全地爬下了河堤。

「車之輔，回京城了。」

一直擔心昌浩會不會失足墜落河川的車之輔，這才鬆口氣，搖了搖車轅。

車輪嘎啦嘎啦作響。

由於道路太過泥濘，所以繞了不少遠路。

回到京城時，丑時已經過了一半。

坐在車上的昌浩抱著單腳弓起的膝蓋，憂心忡忡地說：

「今天的地震特別多呢！」

「是啊，平安京很少搖成這樣。」

「嗯，我也沒什麼記憶。」

第一次搖得最厲害，接下來都是斷斷續續的小地震，次數非常頻繁。

在陰陽寮看到的金龍，也讓人擔憂。

「那條龍應該跟高淤神沒什麼關係吧？」

「我想應該沒有吧……」

眼睛瞇成細縫的小怪看起來不是很確定，昌浩訝異地望向它。

它皺起眉頭說：

「高龗神的原形是銀色的龍，我們白天看到的是金色，所以應該可以確定不是貴船祭神。」

「為什麼就那樣消失了呢？」

唯一可以想到的可能性，就是那條龍是什麼的化身。

「龍啊……」小怪眨眨眼睛說：「對了，這個國家也是龍。」

「嗯？什麼意思？」

昌浩聽不懂，滿臉問號，所以小怪解釋給他聽。

「日本也是龍的形狀，北邊是頭，西邊是尾巴。」
南北細長的形狀，就像一條龍。
「原來是這樣啊！小怪，你真有學問。」
「再怎麼說，我都是位居眾神之末呀！」
「龍形狀的國家啊……」
昌浩邊聽著嘎啦嘎啦震響的車輪聲，邊嘆了口氣。
白天看到的龍傲然瞪著他們，雙眸好像燃燒著憤怒的火焰。
那條龍會是某個地方的神明嗎？有沒有可能是自己不知道的神，因為生人類的氣，而降下這樣的大雨呢？
因為是神的憤怒帶來的大雨，所以高龗神不打算干預。這麼假設，就覺得合理了。
可是，貴船祭神在日本排行前五名，以祂高貴的神格也制止不了的神，到底是何方神聖？
怎麼想也想不出答案的昌浩按按太陽穴，再扭扭脖子。
用腦過度，就覺得肩膀痠痛。
「今天就到此為止，回家吧！明天還要工作呢，早點休息。」
小怪甩著尾巴說，昌浩乖乖地點了點頭。

「車之輔，載我們回家吧！」

在車內這麼說的昌浩，突然聽到好幾聲呼叫。

「喂喂——」

「喂喂——」

「嗯？」

就在他疑惑地打開車窗的瞬間，響起了大合唱。

「孫子——！」

「……」

昌浩默默地關上了車窗，好像什麼也沒聽見似的坐了下來。小怪豎起耳朵看著他。

車之輔戰戰兢兢地問小怪：

《呃，式神大人，該怎麼辦呢？它們……》

「沒關係，昌浩什麼都沒說，不用理它們。」

昌浩大約可以猜出車之輔在講什麼，瞥了小怪一眼。

外面的聲音還是很熱鬧。

「喂喂！」

「孫子！」

「叫你啊，孫子！」

昌浩瞇起了眼睛，但還是什麼都不說。

小怪歪著頭，陷入沉思。該怎麼做呢？還有，小妖們的聲音聽起來很近。真的很近，幾乎沒有距離。

小怪眨眨眼睛，抬頭看著天花板，心想應該不會吧？

看到夕陽色的眼睛盯住天花板不動，昌浩也大吃一驚，跟著它往上看。就在這時候，響起活力充沛的聲音。

「孫子，耶——！」

嘎啦一聲，打開車窗，就有個圓形物體跳了進來。

掉在昌浩腳邊的圓形物體摔得啪喳震響。

「哇……好痛！」

獨角鬼按著頭爬起來。

昌浩狠狠地瞪著它說：

「不要隨便闖進來嘛！」

「喲，怎麼了？有什麼關係嘛，車子常常請我們上來坐呢！」

另外兩隻也陸續從打開的車窗爬進來。

「哦，在呢在呢，孫……」

正要對準昌浩的頭跳進來的猿鬼，忽然眨了眨眼睛就沉默下來了。跟在它後面的龍鬼也攀在車窗上靜止不動。

車之輔怕小妖們會被震落，放慢了速度。啪吵啪吵濺起的水聲，也變得微弱了。

蛇行的車之輔發現車內出奇地安靜，滿臉疑問。

到底怎麼了？

進入京城沒多久，就遇上了小妖們。它們輕盈地跳上車篷，跟車之輔嘰嘰喳喳地交談了好一會。

孫子在車上吧？我們找他很久了，有事情要告訴他。不過，既然來了，就順便來個餘興節目吧！我們想嚇嚇他，從那個車窗爬進去嚇他，看看他會是什麼表情。

三隻小妖說得眼神都閃閃發亮，口沫橫飛，車之輔拗不過它們，只好嘆口氣答應了。它們向車之輔道謝後，齊聲歡呼。

注意不摔下車，小心地打開車窗的是猿鬼，像鐘擺一樣把獨角鬼甩進車內的是龍鬼。不能掉在昌浩頭上，對小妖們來說是有點遺憾，但是它們相信一定可以嚇到他。

然而，昌浩並沒有發出它們想像中的怒吼聲或驚嚇聲。

車之輔把車停下來，觀看車內的狀況。

在沒有燈光的車內，眉頭深鎖的昌浩用半瞇的眼睛瞪著小妖們。

小妖們表情僵硬，愣愣地回看著昌浩。

盯著兩邊看的小怪，發現小妖們滿臉疑惑，彼此偷偷地交換了視線。

小怪眨眨眼睛，板起臉來，夕陽色的眼眸閃爍了一下。

「還真敏感呢……」

這是只在嘴巴裡嘀咕的話，沒有人聽見。

小動物因為脆弱，所以具有敏銳的直覺，小妖們似乎也不例外。

可能是第一眼看到昌浩，就發現他跟平常不一樣了。

很久沒整他了，本來想整他一下的，可是，今天的昌浩卻讓它們覺得不能那麼做。以前的昌浩，不管嘴巴怎麼說，都會睜一隻眼閉一隻眼，默許它們的行為。

因為知道可以那麼做，小妖們才會膽大包天地壓扁昌浩。

然而，今天的昌浩看不到那樣的氣度，有點不一樣。

小妖們顯然很困惑。

昌浩本人無法理解小妖們的困惑，盯著它們好一會後，不解地歪著頭想。

小妖們好像有點畏縮，為什麼呢？

「有什麼事嗎？」昌浩冷冷地問。

三隻小妖彼此互看後，由猿鬼代表回答。

「呃，白天……在朱雀大路上出現了金色的龍。」

「咦？」

昌浩大驚失色，小怪身子前傾，問：

「真的嗎？」

「真的，我們從朱雀大路往皇宮走時，看到那條龍從水窪竄出來。」

「水窪？」

昌浩喃喃地重複著，龍鬼搖搖前腳說：

「其實比較像從土裡鑽出來的。然後，龍在朱雀大路上游了一下就不見了。」

小妖們說好像往皇宮方向去了。

昌浩逼近小妖們問：

「那是什麼時候的事？」

昌浩他們在寢宮上空看到金龍，是在工作時間快結束時，他記得是剛過申時的時候。

「因為差不多是你們工作結束的時候，所以我們想去皇宮通知你們，沒想到你們已經離開皇宮了。」

它們說，也想過再去一次安倍家，可是因為地震太多了，有點害怕，就在附近的無人房子裡躲雨。

昌浩神色凝重地低聲說：

「工作快結束的時候，就是剛過申時的時候……」

正是昌浩他們看到龍的時候。

在小妖們面前出現的龍，從朱雀大路北上，在寢宮上空晃了一下，就鑽進雲中不見了。

成親說會向陰陽寮長報告，昌浩和小怪都不知道後來怎麼樣了，打算明天再問成親。

小怪豎起耳朵說：

「地震……」

所有人都傻住了。

車體搖晃起來。可以感覺到，車之輔像全身抽搐般倒抽了一口氣。

小妖們擠成一團，等地震停下來。

昌浩臉色沉重地弓起了另一隻腳。

南北走向的朱雀大路位於京城中心。在朱雀大路游了一下的金龍，是前往重地皇宮。

昌浩覺得脖子的肌肉一陣收縮，不由得把手伸過去，下意識地改變了姿態。

剎那間，一股衝擊從下方襲來。

小怪全身白毛倒豎。

「有東西……！」

「快出去！」

昌浩與小怪掀起後車簾，把嚇得全身僵硬的小妖們拖出去。

「車之輔，快閃開！」

就在昌浩邊翻滾邊大喊時，從車之輔下面的水窪濺起一大片水花。

《咿咿咿咿！》

車體彈起來，往一邊倒，發出轟隆巨響。

「車之輔！」

昌浩驚慌地大叫，就在這時候，金光閃閃的龍從水窪下的地面竄了出來。

7

又長又大的龍身，從土裡鑽了出來。

小妖們慘叫著，連滾帶爬地往前跑。

看到路旁栽種的柳樹，就知道這裡是朱雀大路。翻倒的車之輔掙扎著想爬起來，但車體怎麼樣也無法立起來。

金龍的雙眸之中燃燒著熊熊烈火，傲然地瞪著狼狽翻倒的牛車，大幅扭動著又長又大的龍身。

大概是氣車子企圖阻撓自己，金龍張大嘴巴衝向了車子。

昌浩結起手印。

「嗡阿比拉嗚坎夏拉庫坦！」

不管金龍是什麼來歷，昌浩都要保護車之輔。

「嗡咕哩咕哩巴沙啦溫哈塔！」

車之輔的周遭出現了半球形的防護罩，金龍的尖牙隨後撲了上來，撞上防護罩發出很大的聲響，接著被彈飛了出去。

龍身大大往後仰，但很快就重整了架式，瞪著與自己對抗的昌浩。

全身上下都是金色的龍，眼中放射出更閃亮的光芒。

「小怪，快趁現在救車之輔！」

小怪咂咂嘴，嬌小的白色身體立刻被紅色鬥氣包圍。眨眼間就恢復了原貌的紅蓮，穿越昌浩築起的防護罩，走到車之輔旁邊蹲下來。

《式、式神大人，對不起，真的很對不起……！》

紅蓮扶起哭著道歉的車之輔，不耐煩地大吼：

「好了，快走開！以後隨便你要道歉幾次都行！」

車之輔搖搖晃晃地走開了。小妖們跑向它說：

「車！」

「你還好吧？車！」

「去那邊！」

它們彎進與朱雀大路垂直交接的其中一條東西走向大路，保持一段距離，以免妨礙到昌浩他們。

不過，車之輔並沒有完全離開現場。它改變車體方向，做好被召喚時隨時可以跑過去的準備。

眼前，昌浩正與龍對峙著。

在土裡自在地游來游去的龍，時而浮起，時而沉沒。任憑昌浩和小怪怎麼屏氣凝神地追逐，龍的行蹤還是神出鬼沒，難以預測。

「啐！」

紅蓮咂咂嘴，召來了鮮紅的火蛇。火蛇一出現，立刻撲向龍的嘴巴。

就在地面開始搖晃的同時，龍從土裡跳起來，濺起了飛沫。

「喝！」

紅蓮的火蛇分成好幾條往前衝，緊緊纏住了龍身。但是火勢很快就被大雨很削弱了。

看到金龍抖動身體，甩掉礙事的火焰，昌浩立刻施展出法術。

「臨兵鬥者，皆陣列在前！」

靈力伴隨著淒厲的氣勢，劃破了金龍的嘴巴。

從皮開肉綻的傷口之中迸射出來的金色光芒，像濺起的血液般灑落在昌浩身上。突然，昌浩覺得全身發冷。

「怎麼回事……」

他覺得虛脫無力，單腳跪了下來。

眼前是一片深邃的黑暗。

「咦……？」

彷彿聽見沉重的轟轟流水聲，從黑暗深處湧出了濕濕黏黏的熱氣。

「昌浩！」

紅蓮滑入動彈不得的昌浩前方，用神氣漩渦彈開直撲而來的金龍。

怒吼般的呻吟聲響徹天際。

發狂的金龍，眼神狠狠貫穿了紅蓮。

金龍的氣息噴向了紅蓮，沉沉地緊緊纏住了紅蓮壯碩的身軀，封鎖了紅蓮的行動。

「什麼……」

紅蓮揮動手臂，甩掉龍的氣息，眨了眨眼睛。

好像在哪裡接觸過這樣的波動。

這不是神氣，也就是說，這條龍跟貴船祭神不一樣，不是神的化身。

但也不是妖魔，完全沒有邪惡的感覺。

這股波動似乎更強烈、更深邃，悄然地呼吸著。

覺得很熟悉，卻怎麼也想不起來是什麼波動。

金龍煩躁地抖動身軀。

地面也跟著震動起來。

在掛著帳子的床邊睡覺的風音，猛然張開眼睛。

「什麼……？」

值夜班的侍女休息時都是用好幾件外衣重疊，代替被子。她只穿了一件單衣，上面蓋著好幾件外衣，在榻榻米上躺下來時，好像是子時半左右。

現在是幾時了呢？有星星、月亮的話，就可以估算時刻，但是星星和月亮都被雨遮蔽了，所以無法估算。

六合在風音身旁現身。

「彩輝，現在大約是什麼時刻？」

「過丑時了。」

某種氣息淡淡地從雨聲中飄來。

「這是騰蛇的鬥氣，發生什麼事了？」

騰蛇平常都是以白色異形的模樣，壓抑神氣的散發。即使維持異形的模樣，也可以使用通天力量，會恢復原貌，一定是發生了什麼事。

風音爬起來，穿上外衣。

為了不吵醒床帳內應該已經睡著的脩子，蹲下來的六合壓低嗓門說：

「是的，好像在跟什麼作戰。」
騰蛇的神氣十分強烈，不管離得多遠也感覺得到。在被封印的狀態下都這樣了，可見他的力量有多強大。
風音站起來。
「我有點擔心。」
這時，發生了地震，不是很嚴重，但搖得很久。
掛著帳子的床也搖晃起來，風音悄悄地從床帳縫隙往裡面看。
裹著棉被的脩子睡得很安穩，發出規律的鼾聲。
「我要去騰蛇他們那裡。」
六合瞥一眼床帳，風音看出他眼神的意思，點點頭說：
「沒關係，大家都以為我陪在她身邊，所以其他侍女應該不會來。不過，她一呼叫就會有人來，所以醒來了也不用擔心。」
六合露出深思的眼神說：
「我也去。」
頻頻發生的地震讓人憂慮。
傍晚時，收到口訊的勾陣曾經來過。

身為土將的勾陣，也和風音一樣說自己沒辦法預知這場地震。
如果是術士的詛咒等人為因素的地震，她們當然無法預知。可是，若真是這樣，大陰陽師安倍晴明應該會察覺。
施行法術可以高明到不被晴明察覺的術士，這世上恐怕沒幾個，但並不是完全沒有。
六合的眼眸泛起幾分厲色。
起碼這裡就有一個。
跟風音同等級的人，就有可能引發這次的地震。
六合想到前幾天跟風音打得平分秋色的白髮女人。
為了行動方便，風音正把平常放下來的長髮往上梳。
又發生了微震，建築物吱嘎作響。
掛在屋簷下的燈籠微微搖晃著。
「妳還是留下來好了。」
風音停下梳頭的手，抬頭看著六合。
「彩輝？」
「如果地震不是大自然的反應，而是某人製造出來的，妳就不該離開公主身旁。」

風音聽出他是在說那個白髮女人，點點頭說：
「我知道了。」
「我會盡快回來。」
六合說完，就無聲地隱形了。
神氣消失了。
風音嘆口氣，解下紮頭髮的繩子，把頭髮放下來。因為濕氣太高而變得有點重的頭髮，直直地披在背後。
她站起來，輕輕地走出屋子。
一走出去，就是不絕於耳的雨聲，只聽到雨敲打地面的聲音。
潮濕的外廊使赤裸的腳變得冰冷。風音不怕冷，但還是有感覺。
雨勢沒有減弱的趨勢。
就在她仰望著天空，皺起眉頭時，地震又來了。
朱雀大路搖晃起來。
產生的震動跟之前完全不一樣，還有一股從地底下湧出什麼的衝擊。
正要爬起來的昌浩，覺得著地的雙手被什麼粗糙的東西纏住了。

「這下面有東西……?!」

地震的威力更強了，昌浩無法保持平衡，雙手貼在地面上，努力撐住身體。

從朱雀大路旁林立的住宅內傳出了慘叫聲。

紅蓮咂咂嘴，抓住昌浩的衣領，把他拎起來。

「你還好吧？昌浩。」

「還、還好……」

被龍體迸射出來的東西擊中時的感覺，已經消失了。那到底是什麼東西？

「咦……？」

忽然，昌浩覺得渾身不對勁。以前是不是有過類似的經驗？想不起來，應該是自己太多心了吧？

金龍釋放出來的力量強大得驚人，而且似乎在不斷增強中。

「紅蓮，這條龍是哪裡的神嗎？」昌浩問。

紅蓮搖搖頭說：

「不，我覺得不是，龍釋放出來的東西跟神氣不一樣。」

然而，昌浩感覺得出來，那也跟異形妖魔不一樣。

扭動長大身軀的金龍用尾巴拍打地面，濺起了泥沫。

金龍張大嘴巴，發出了怒吼，大地開始搖晃。

昌浩和紅蓮都確定，這次的地震是金龍引起的。

「只要打倒這條龍，就不會再地震了。」

地震一來就臉色發白的彰子的身影掠過腦海，昌浩狠狠瞪著金龍。

「我要打倒它！」

昌浩撂下狠話，緊接著越過紅蓮，衝到了龍的前面。

「昌浩！」

來不及阻止的紅蓮大叫。

昌浩深吸一口氣，結起手印。

「南無瑪庫桑曼答、參達瑪卡洛夏達、索瓦塔亞溫塔啦塔、坎曼！」

不動明王印襲向了金龍。

「南無瑪庫沙啦巴塔、塔牙帝亞庫、沙啦巴波凱別庫、沙啦巴塔塔啦塔、顯達瑪卡洛夏達、肯迦基迦基、沙啦巴畢基南溫塔啦塔、坎曼！」

真言完成了。

昌浩對金龍施加的是壓制、破壞一切行動的法術。

龍身像在掙扎般顫抖著。

「——！」

一種無法形容的怒吼聲，從金龍的嘴巴迸出來。

昌浩的眼睛深處，燃起淒厲的光芒。

「南無瑪庫桑曼答、叭吒啦唉、塔啦塔阿摩迦、顯達瑪卡洛夏達、索瓦塔亞溫、塔啦亞瑪塔啦亞瑪、溫塔啦塔、坎曼！」

結印裡像是有火焰在燃燒，被釋放的靈力帶著熱氣迸射出來。

手印解除後，再用右手單手結起刀印。

「萬魔拱服——！」

斜斜揮下的刀印帶著火焰的力量，化為灼熱的刀刃。

又長又大的龍身，被一刀砍成兩半。

正中間產生一條裂痕，接著龍身就分別向左右緩緩倒下了。

本以為會濺起水沫，沒想到還沒落地，被砍成兩半的龍身就崩潰瓦解了。

「成功了嗎？」

昌浩仔細觀察周邊，確認金龍的氣息已經消失了。

他重新站好，喘了一口氣。

從頭看到尾的紅蓮，憂慮地眯起了眼睛。

1
3
5

斷然說要擊倒對方就衝出去的昌浩，背影似乎與灰白色火焰的幻影重疊了。

那是天狐的火焰。被道反勾玉鎮住的異形火焰，竟然燃燒得如此強烈，還出現了影像。

因為火焰對昌浩的情感產生了反應。

紅蓮走向擦拭著額頭汗水的昌浩，冷靜地說：

「昌浩，我想問你一件事。」

「什麼事？」

微轉頭往後看的昌浩，表情跟平常一樣，眼中已經看不到剛才的動盪光芒。

「當你說要打倒金龍時，在想什麼？」

「咦……？」

昌浩不知道紅蓮為什麼這麼問，疑惑地眨了眨眼睛。

「在想什麼……當然是在想要打倒金龍啊！」

「只有那樣嗎？」

昌浩困惑地點點頭，不解地看著臉色沉重的紅蓮。

「沒有想其他事啊！既然那條龍是地震的原因，不打倒牠怎麼行呢？大家都那麼害怕。」

「譬如誰？」

「呃……譬如彰子啦、車之輔啦，總之大家都很害怕。」

說到彰子的名字時，昌浩的眼底又出現了灰白色火焰。

紅蓮不動聲色，內心卻急得咬牙切齒，因為昌浩毫無自覺。

危機正逐漸擴大，再這樣坐視不管，會有危險。

不知道紅蓮心中憂慮的昌浩看著自己的手，焦躁地喃喃自語：

「還不行……這樣還不行……」

如果是晴明，會更快速、更精準地直搗要害，不浪費時間，有效率地擊退妖魔。

自己的力量還不夠。好想變強，卻缺乏足夠的時間、知識與一切一切。

滿腔都是焦躁感，自己是如此地不成熟。

「紅蓮，已經沒事了，回家吧！」

在一旁觀看的車之輔趕緊跑過來，小妖們也從車子裡出來了。

「要回去了？」獨角鬼問。

昌浩點點頭。

「對，我們要回去了，你們也快回巢穴。」

猿鬼和龍鬼好像有話要說，抬頭看著昌浩，但還是默默地點了點頭。

趁昌浩坐上車之輔時，紅蓮叫住了小妖們。

「喂！」

三隻小妖都嚇得全身發抖，慢慢地轉過來。紅蓮壓低嗓門對它們說：

「你們好像有話要說，到底什麼事？」

「咦……啊，就……」

「不是什麼……大事……」

「呃……」

欲言又止的三隻小妖瞥了妖車一眼。紅蓮也跟著看妖車一眼，再把視線拉回到小妖們身上。

「沒關係，你們說，我不會告訴昌浩。」

三隻小妖吁口氣，開口說：

「不要告訴昌浩哦！我們不想看到他不開心。」

「總覺得……雖然他像平常一樣在作戰，可是……」

在猿鬼和龍鬼之後，獨角鬼有所顧慮地接著發言。

「該怎麼說呢？……看起來很可怕。」

紅蓮閉上眼睛，心想脆弱的生物真的很敏感。

接著他張開眼睛，嚴肅地說：

「這樣啊……放心吧！我不會告訴昌浩。」

「絕對哦！」

「嗯，我畢竟是居眾神之末，不會騙你們。」

小妖們這才像吃了定心丸，解除了不安。

「紅蓮，怎麼了？」

昌浩把頭探出了車外，紅蓮舉起一隻手說：

「我馬上來。」

紅蓮揮手叫小妖們趕快走，然後變回了小怪的模樣。

它怕潔白的四肢會被弄髒，輕盈地跳上了車子。

確定小怪上車後，車之輔就緩緩動了起來。

「小怪，你跟小妖們聊了什麼？」

「沒什麼。」

小怪像是在思考什麼，隨口回應。

昌浩淡淡一笑，像想到什麼似的吊起眼睛說：

「啊，它們是不是說你變成紅蓮時很可怕？」

夕陽色眼眸轉向了昌浩。

「嗯，差不多。」

「果然是，紅蓮那麼高大，看起來的確很可怕。」

溫和的聲音、輕柔的語調，都像是平常的昌浩。小怪只希望，剛才看到的動盪火焰只是一時的現象。

然而，恐怕事與願違。

某種東西正在昌浩體內孕育，而且，絕不是什麼好東西。

嘎啦嘎嘎的車輪聲突然靜止下來。

因為車之輔緊急煞車，昌浩和小怪都差點倒地。

「車之輔？」

「怎麼了？」

兩人疑惑地問，車之輔驚慌失措地說：

《啊，對不起，因為嚇一大跳，所以緊急煞車……》

後車簾被掀起來，昌浩看到站在簾子前的人，不禁大叫：

「六合！」

披著深色靈布的六合站在雨中，釋放出若干神氣將雨彈開，看起來就像被白色飛沫

包住了一般。

「六合，怎麼了？」

小怪越過昌浩，將身體探出車外。

六合淡淡地回說：

「你的鬥氣都傳到我那裡去了，發生了什麼事？」

原來是為了這件事。

「六合，上車吧！」

昌浩往後退，挪出可以容納六合的空間。翩然跳上車的六合盤腿而坐後，車內就顯得有點擁擠了。

「小怪，這邊。」

「嗯。」

小怪跳上昌浩的肩膀，車內便寬敞多了。

車之輔平穩地往前走。

昌浩移到六合的對角位置，黃褐色的眼眸沉靜地看著昌浩。

「龍出現了，很可能是那條龍引發了地震。」

「應該被昌浩打退了吧……我想。」

「『你想』是什麼意思？我的確打退了它呀！」
看到昌浩皺起了眉頭，小怪甩甩耳朵說：
「可能是吧……總之，我就是覺得事情還沒結束。」
「你……」
昌浩正要反駁時，又發生了搖晃，不像是行進中的震動。
車之輔停下來，嘎噠嘎噠地顫抖起來。
昌浩大驚失色。
「又地震了?!」
為什麼？疑似引發地震的金龍，剛才已經被殲滅了啊！
「難道那條龍不是地震起因？」
小怪用尾巴拍著昌浩的背部，像是在安撫面無血色的他。
「冷靜點，不是很強烈，應該很快就停了。」
小怪從昌浩的肩膀跳到六和肩上，對昌浩說：
「說不定只是偶發的地震而已，不必太緊張，昌浩。」
「可是……我知道了。」
昌浩勉強壓抑自己，不再說什麼。

小怪悄悄嘆了一口氣。

從龍身上感覺到的氣息，究竟是什麼？自己確實接觸過類似的氣息。

然而，它在記憶裡搜尋了好一陣子，卻怎麼樣也找不到答案。

六合交互看著臉色沉重的小怪與表情緊繃的昌浩，發現他們兩人的想法並不一致。

不，非但不一致，而且看似只有昌浩一個人在空轉。

前幾天在陰陽寮的書庫前見到他們時，並沒有這樣的感覺，想必是發生了什麼事。

小怪發現黃褐色的眼眸似乎想問什麼，就瞇起了眼睛，以眼神告訴他現在不要問。

六合默默地將視線轉移到昌浩身上。

昌浩一點都不掩飾自己的懊惱，兩手緊握，因為太過用力，皮膚都發白了，指甲也深深嵌入了手背。

「對了，六合，脩子怎麼樣了？」

忽然改變話題的是小怪。它知道昌浩也很擔心脩子，改變話題很可能是為了轉移昌浩的注意力。

昌浩果然被小怪的話吸引，抬起了頭。

「對了，我也很擔心，公主振作起來了嗎？」

五歲小女孩的模樣，在昌浩腦中還記憶猶新。不過，那個年紀的小孩成長得很快，

可能比昌浩記憶中長大了一些。
以後恐怕也沒有機會見到她，但昌浩希望她能得到幸福。
「嗯……精神還不錯。」
六合隔了好一會才回答。
昌浩和小怪都懷疑地看著六合。這個向來沒什麼表情的沉默男人，現在卻看得出來有點疲憊。
昌浩正在想怎麼回事，這時聽到小怪開口說：
「啊，對了！」
「咦，什麼？」
小怪在六合肩上，用左前腳靈活地拍了一下右前腳。以動物的骨骼來說，那應該是非常困難的動作吧？昌浩不禁思考起這種無意義的事。
「勾說白天時嵬來過，是嗎？」
昌浩眨了眨眼睛。
「啊，對哦！」
他們回到家，問有沒有什麼事時，勾陣和彰子好像說過這件事。
「聽說是小妖們帶它來的，在彰子的細心照料下很快恢復了元氣，就飛走了，說要去找風音。可是，它不知道風音在哪裡，找遍京城後，又在傍晚時東倒西歪地回來了。」

「所以勾就跟它說，風音在臨時寢宮的公主對屋內。」

兩人你一言我一語地說完後，六合只短短回說：

「沒錯，就是那樣。」

小怪眨了眨眼睛。

神將們待在道反時發生的事，小怪都經由水鏡聽勾陣說過了。

六合會如此疲憊，理由恐怕只有一個。

「嵬怎麼樣了？」

六合罕見地嘆了一口氣。

8

騰蛇的鬥氣消失，震盪的波動也煙消雲散了。

「結束了……？」

在外廊探索氣息的風音，聽到拉開門的微弱聲響。

她回頭一看，立刻張大眼睛，彎下腰來。

「公主，怎麼了？」

「又地震了……」

「咦……？」

瞬間，大地搖晃起來，柱子和窗戶都嘎嘎作響。脩子害怕地一手抓住了風音的手腕。

另一隻手緊緊抱著一團黑色物體。

不久後，地震停止了。木材不再發出聲響，恢復只有雨聲的靜寂。

脩子呼地喘了口氣。

「我……我不能呼吸啊！公主。」

嵬忍不住呻吟起來，脩子趕緊鬆開緊抱的手。

「對不起，你還好嗎？」

嵬從脩子手上逃開，抓著她的衣服往上攀爬，爬到她肩上。

「待在這裡就安全了，風音公主，夜晚的冷空氣對身體不好，快進屋裡。」

嵬毅然張開了一邊翅膀指向屋內。

風音摸摸它的頭，苦笑著說：

「我沒事，我比較擔心脩子公主會冷。」

風音催脩子進入屋內。

柱子後有個人影一直注視著她們。

「那個侍女是個大阻礙……」

是侍女阿曇。

因為有風音在，她無法靠近脩子。

她兇狠地低囔著：

「這樣下去會來不及……」

這時又發生了地震，柱子與牆壁的接合處發出嘎吱聲。

「我要趕快行動。」

就在她轉身離去的瞬間，地面又搖晃起來。

是斷斷續續的地震。

阿曇臉色沉重地望著南方天空。

車之輔把車停在安倍家前面。

昌浩掀起前簾下車後，鑽過車轅，繞到車的側面。

「謝謝你，車之輔，辛苦你了。」

車之輔嘎吱嘎吱地搖晃車轅後，就改變車體方向，準備回到戻橋下。

河堤因為下雨而變得濕滑，車之輔不知道從哪裡下去才好，困惑地徘徊著。

飄浮在車輪中央的鬼臉不安地尋找著路。從小徑流下來的雨水像瀑布般強勁，它很怕直接下去會滑落到最下面。

即使可以順利爬下去，也可能再也爬不上來了。

昌浩原本正準備翻過圍牆，發現車之輔的樣子不對勁，又折了回去。

「車之輔，你還好嗎？停在大門旁邊也可以哦！」

不知道該怎麼辦的車之輔回頭看著昌浩。它哪敢停在安倍家門旁呢？能停在橋下，它就覺得很滿足了。

小怪看出車之輔的心情，舉起一隻前腳說：

「可是你勉強爬下去的話，萬一爬不上來了，昌浩需要你的時候，你就不能盡當式鬼的義務了，你也不想這樣吧？」

車之輔顫抖地降下了車軛，昌浩只有它這麼一個式鬼，不能盡義務就失去了當式鬼的意義。

嘎啦嘎啦移到門旁邊的車之輔又降下車軛，向昌浩表示歉意。

「你不用道歉啊……」

「喲，你聽懂了啊？」

目光閃爍的小怪眨了眨眼睛。

昌浩沉下臉說：

「這種事，不用聽得懂，也知道它在說什麼。」

小怪抿嘴一笑說：

「這很重要呢！聽得懂對方說的話，就表示頻率跟對方很合。」

要聽懂異形說的話，就要讓對方的頻率與自己的頻率相合。不過，遇到像貴船祭神那種力量強大的存在，不用刻意去配合，也會被祂的頻率牽引而自然迎合。

面對弱勢，就必須自己主動去配合。昌浩向來不擅長做這種細膩的事，但是最近慢

慢克服了。
「晚安，車之輔。」
昌浩對妖車揮揮手，沿著圍牆移動，走到離自己房間最近的地方，靠助跑爬上了圍牆。
「嘿咻……謝謝你，六合。」
因為下雨而差點滑下來時，六合從下方推了他一把。
跳下庭院後，他小心地不發出聲音，走回了房間。
爬上外廊，用備好的毛巾擦擦臉和手腳後，昌浩嘆了一口氣。
不知道為什麼，覺得特別疲憊。
小怪摸一下昌浩的手臂，不高興地板起臉說：
「手好冰，我去拿熱開水來吧？」
「不用了，沒關係，我馬上就要睡了。」
蔽雨術不能躲開濺起的泥濘，所以鞋子、狩衣和狩袴都沾滿了泥土。
「等一下要洗一洗……」
洗了以後要很久才會乾，還真怕找不到衣服穿。
昌浩邊摺衣服，邊嘆氣，只穿著一件單衣爬到床鋪，把棉被拉到頭上。

小怪在他附近縮成了一團。
沒多久，就聽見規律的鼾聲。
將兩隻前腳交叉，下巴放在腳上正閉目養神的小怪，張開一隻眼睛觀察情況，再豎起與這隻眼睛同一邊的耳朵，小聲呼喚：
「昌浩！」
沒有應答，只有鼾聲。
儘管如此，小怪還是再數五十下心跳，確定昌浩已經熟睡了，才躡手躡腳地站起來。
它悄悄地拉開木門，走到外廊上，再悄悄地拉上木門。
在外廊上，小怪又數了十幾下呼吸，確定室內沒有任何動靜後，才跳下庭院。
在雨聲掩飾下行進的它，輕而易舉地跳過了圍牆。
從土御門大路往西洞院大路移動，直直往北奔馳而去。
小怪真要跑起來，其實很快，跟昌浩在一起時，只是配合昌浩的速度。即使變身為異形，身為神將的它，體能還是十分強健。
像毫無體重般輕盈奔馳的小怪發現有追趕自己的腳步聲，豎起了耳朵。
有兩種腳步聲。

聽起來很耳熟，距離逐漸縮短。
氣息追到小怪左右。
「你們幹嘛？」
勾陣與六合現身。
「難得你會拋下昌浩，自己出來。」
勾陣低頭看著用四隻腳奔跑的小怪，搞不懂地說：
「恢復原貌不就不用這麼辛苦了嗎？騰蛇。」
「無所謂，我沒差。六合，你不用回臨時寢宮嗎？」
「你還沒告訴我昌浩的事。」
兩人似乎已經猜到小怪要去哪裡了。
傳來了水聲。
流經貴船山與鞍馬山之間的貴船川，水位也逐漸高漲，轟轟流水聲陰森地傳來。
小怪與兩名神將，在黑夜中直奔貴船山。
貴船的正殿一片漆黑。
小怪在門前恢復了原貌。勾陣知道原因，苦笑著聳聳肩膀。紅蓮看到她那樣子，不

高興地皺起了眉頭，但什麼也沒說。

河川流水聲與雨聲交雜。洋溢著清靜神氣的正殿，似乎又增添了幾分莊嚴。

六合警戒地瞇起了眼睛。

彌漫著貴船靈峰的神氣匯集在一點上，接著轉為銀色的光芒。

銀白色的龍神出現在神將們面前，悠然飛舞著，然後在船形岩上降落，化為人形。

翩然飄落的貴船祭神高龗神，視線慢慢地掃過並排的幾張面孔。

「其中一個不久前來過，另外兩個很久不見了。」高龗神在岩石上輕鬆地坐下來，抿嘴一笑說：「十二神將都回到晴明身旁了嗎？很好。」

紅蓮向前跨一步說：

「高龗神，我今天來是有事問祢。」

「什麼事？神將騰蛇，我不一定會回答，你說來聽聽吧！」

不把人放在眼裡的語氣，讓紅蓮有點不高興。他心裡明白，高龗神是知道他會有這樣的反應，才故意那麼說，可是現在的他實在沒辦法一笑置之。

「神啊，我想問祢前幾天說的話是什麼意思。」

「我說的什麼話？」

盤坐的高龗神把手肘搭在左膝上，用左手托著臉頰，若無其事地反問。那種滿不在

乎的態度，讓人搞不清楚祂是不打算認真地回答呢？還是想岔開話題？

「臨走前，祢說：『我會努力嘗試……阻止這場雨。』那是什麼意思？」

高龗神微微皺了一下眉頭。

「我有說嗎？」

「有，我清清楚楚地聽見了。」

神將的聽力比人類敏銳許多，不可能聽錯。

與紅蓮相隔兩步站在後面的勾陣與六合，都不知道紅蓮來這裡的目的。但是騰蛇會留下昌浩，自己一個人來，一定是非同小可的事。

勾陣雙臂環抱胸前，走到六合旁邊，壓低嗓門問：

「發生了什麼事？」

「不知道，我是在昌浩他們正要回家時遇見他們的。」

勾陣點頭表示了解，兩人便沒再開口。

紅蓮又接著說：

「高龗神，連這個國家前五大神明的貴船水神都無法阻止的雨，究竟是什麼雨？」

高龗神沉默不語，直視著紅蓮，深藍色的雙眸沒有絲毫動搖。

這個神不會主動撇開視線。

雙方無聲地互看著。

不知道誰會先開口，現場充斥著沉重的緊張氣氛。

勾陣有種快窒息的感覺，下意識地按住了喉嚨。

貴船祭神的眼神咄咄逼人，但騰蛇的目光也不會輸給祂。十二神將雖居眾神之末，但堅強的意志絕不輸給其他神明。

不知道這樣僵持了多久。

新的闖入者，改變了現場一觸即發的緊繃狀態。

「怎麼了？好誇張的表情啊！」

雨聲中夾雜著腳步聲。

所有人都猛然回頭看。

紅蓮叫出聲來：

「晴明！」

使用離魂術，以年輕姿態出現的安倍晴明，正淋著雨進入了正殿。

晴明輕輕舉起右手回應紅蓮，然後對高龗神行注目禮。

高龗神驚訝得說不出話，舉起手撩起劉海，瞇著眼睛看著晴明。

「安倍晴明，你來做什麼？」

晴明眨了眨眼睛，覺得貴船祭神好像有點心浮氣躁，話中帶著警戒。

年輕人走到紅蓮身旁，恭恭敬敬地一鞠躬。

「好久不見了，高淤神。」

「安倍晴明，我問你來做什麼？」

晴明抬起頭，溫和地說：

「我在雨中拜訪，是想詢問神一件事。」

高龗神嗤之以鼻似的動動下巴說：

「你會來問我，絕對不是什麼好事……沒關係，問吧！」

聽到這句話，紅蓮瞪了貴船祭神一眼，因為祂還沒回答自己的問題。

然而，儘管紅蓮的眼神銳利得像會射穿人，貴船祭神也不為所動，連看都不看紅蓮一眼，催促晴明繼續說下去。

掩不住煩躁的紅蓮，耳邊響起冷酷的聲音。

「你以為憑你應付得了貴船祭神嗎？」

紅蓮揚起了眉毛，他光聽聲音就知道是誰了。

紅蓮修長的身軀冒出了兇狠的鬥氣，一語不發地緩緩轉過頭看，眼神中帶著殺氣。

在紅蓮的視線前方將雙臂環抱胸前的人，是跟隨晴明來的青龍。

兩人瞬間就把氣氛搞得很僵，六合與勾陣趕緊介入他們之間。
勾陣靠到紅蓮旁邊，疾言厲色地說：
「不要在這種地方爭吵，有神在呢！騰蛇。」
紅蓮毫不隱瞞地表現出自己的不悅。
「別瞧不起人，勾，我自有分寸，但是，」紅蓮瞥了青龍一眼，雙眸瞬間變成鮮紅色。「先挑起戰端的人是他。」
青龍也毫不掩飾自己的敵意。介入兩人之間遮斷紅蓮視線的六合，只能瞇起眼睛，默默承受從前後飄來的刀刃般尖銳的神氣。
青龍也自有分寸。他是陪晴明來這裡拜訪，不可能對貴船祭神做出失禮的舉動，晴明也不會允許他那麼做。
另一方面，晴明正冷靜地跟貴船祭神交談著，完全不在乎兩名鬥將在背後愈來愈熾烈的相互仇視。
「我也很想請教關於這場雨的事，但是發生了更重大的事。」
高淤默默地等著晴明說下去，淡淡的笑容從晴明的嘴角退去。
「請問高淤神知不知道，天照大御神在伊勢下了神詔？」
女神的眉毛顫動了一下，但沒有說任何話。

驚訝的是紅蓮、勾陣和六合。

「你說什麼?!」

後方的三人不由得叫出聲來，看著晴明。

「晴明，這是……」

勾陣正要說什麼，被晴明舉起一隻手制止，神將們都沉默下來。

年輕的晴明小心謹慎地說：

「我緊急派了神將去伊勢調查，結果神詔是事實，還有，伊勢神祇大副和齋王都臥病在床。神啊！如果可以，請回答我的問題。」

身體微傾、托著腮幫子的高龗神挺直了背，將雙臂環抱胸前。

深藍色的眼眸停滯不動。

晴明冷靜地問：

「天照大御神把內親王召到伊勢，真正的用意是什麼？」

紅蓮他們更驚訝了。

天照下了神詔，要把內親王脩子召到伊勢？

他們很想馬上問清楚是怎麼回事，但不能打斷晴明與高淤之間的對話。

紅蓮和勾陣努力地克制住自己。

晴明直視著高龗神。按理說，直視神是大不敬的事，但是，晴明是少數被允許這麼做的人類之一。

高龗神很喜歡晴明和昌浩。晴明知道神對自己極為寬大，但程度仍在神能接受的範圍內，所以，這次的質疑是個賭注。萬一觸怒了神，晴明就會頓時淪為被神疏遠的對象。

高龗神依序掃視過晴明與四名神將，才開金口問：

「天照大御神的神詔說了什麼？」

晴明眨眨眼睛，在記憶中搜索。

「好像是說……『這場雨非吾所願，有違天之本意。為使陽光注入此國，須帶來依附體。』」

「依附體……」

貴船祭神的表情變得嚴肅起來，將手指按在嘴上，瞇起眼睛，陷入了沉思，深藍色雙眸中閃爍著難以形容的光芒。

耐心地等著祂再次開口的晴明，回頭看了看背後的神將們。

除了當時跟晴明一起聽說了這件事的青龍之外，紅蓮、勾陣和六合都屏氣凝神地聽著驚天動地的內容。

高天原最高神明所下的神詔，非遵從不可。
「那個依附體……」高龗神眺望著沉入黑夜裡的京城說：「就是當今皇上唯一的女兒？」
「是的，根據卜部的判斷，應該是這樣。」
紅蓮等人都屏住了氣息。
晴明的眼皮顫抖起來，因為事情不只這樣，他還必須接著告訴神將們另一件事。
貴船祭神將視線拉回到晴明身上，嚴肅地瞇起了眼睛。
「安倍晴明，你剛才不是問我真正的用意何在嗎？」
「是的。」
「知道有什麼用呢？難道是想把當今皇上的女兒留在京城嗎？」
晴明慌忙否定說：
「不！絕對不是，只是想知道神為什麼需要公主。」
「就算知道了也沒有任何意義，把當今公主送到伊勢，獻給天照大御神做為附身容器，是你們人類的義務。」
高淤稍作停頓，嘆了一口氣。
「晴明，有機會的話，請轉告當今皇上，不要因為感情用事而忘了這個國家百姓的

生命。」

這時候，地面微微搖晃起來。

晴明沒有察覺，但神將們全都感覺到了。

「地震……」

這麼低語的是勾陣，沒有錯過這句低語的晴明又聽見了神的聲音。

「以這情形看來，出現在京城的龍也跟這場雨有關係。」

晴明倒抽了一口氣。

貴船祭神淡淡地接著說：

「沒有時間了，龍的暴動正一分一秒地增強中，安倍晴明。」

貴船祭神站了起來，帶著強烈的言靈叫喚晴明的名字，一陣寒意掠過晴明的背脊。

被深藍色雙眸射穿的晴明，幾乎無法呼吸。

「你應該知道那條龍，如果想保護京城，就要想起來。」

「什麼……？」

高龗神將視線從疑惑的晴明身上拉開，瞥了神將們一眼。

「神將騰蛇，這也是你問我的問題的答案。」

貴船祭神閉上眼睛，仰面朝天，就那樣翩然起飛。

人形外貌轉為銀白色龍身，消失在漫漫黑暗中。

神的神氣一消失，帶有壓迫感的清洌氣息就隨風飄散了。

晴明嘆了一口氣。

能得到這樣的答案，就該感謝了。高龗神沒有回答的義務，如果惹祂生氣，被祂大罵一聲「滾」，也是理所當然的事。

晴明也知道自己很緊張。

紅蓮等三人走向他說：

「晴明，到底怎麼回事？」

「天照的神詔是什麼？」

「你說要把內親王送去伊勢……」

不只紅蓮和勾陣，連六合都難得大驚失色，可見這件事多麼重大，晴明不禁苦笑起來。自己和青龍剛聽到時，也是驚訝得目瞪口呆。

「你們幾個冷靜一點聽我說，」晴明安撫地拍拍每個人的手臂說：「前幾天，從伊勢來了兩位官員，一位是來自伊勢神宮，另一位來自伊勢齋宮。」

前面這一位帶來的訊息，是兼任主神司的神祇大副生了重病，很可能會在遷宮儀式之前辭職。

另一位帶來的訊息，是天照大御神透過齋王恭子公主的身體下了神詔，原本就常臥病在床的齋王，從此昏迷不醒。

晴明垂下了肩膀。

「卜部做過龜卜後，證實神詔所提到的依附體就是內親王脩子公主。」

這時，青龍很不高興地插嘴說：

「擔心女兒的當今皇上，竟然要晴明跟著去伊勢。」

紅蓮他們一聽說，都臉色驟變。

「你說什麼?!」

「真的嗎？晴明！」

不只紅蓮，連勾陣也完全失去了平常的冷靜，晴明看到她那樣子，聳聳肩，點點頭說：「我原本就接受委託，要去替伊勢神祇大副做病癒祈禱，所以皇上就再三懇求我同行。」

如果只是這樣也就罷了。對晴明來說，這是很辛苦的任務沒錯，但既然身為人臣，就不能拒絕。

更何況，晴明也由衷地希望可以為年輕的皇上做些什麼。

「之後，皇上又有了驚人的想法，我正在想該怎麼辦才好。」晴明抬起頭，對著滿臉狐疑的紅蓮說：「皇上要求我讓彰子陪公主一起去。」

紅蓮難以置信地看著晴明。

「你說什麼？」

因為這消息的衝擊太大了，感情一時無法跟上反應，所以這句話問得特別小聲。

但是沒多久後，紅蓮又張大眼睛說：

「你是說要彰子陪脩子去？」

勾陣與六合都訝異得說不出話，倒抽了一口氣。

晴明遙望著沉入黑夜中的京城。臨時寢宮在這邊，安倍家在那邊，脩子和彰子都還什麼都不知道，沉沉地熟睡著。

「皇上拜託我說，為了年幼的公主，請讓寄住在安倍家的女孩一起去。」

什麼都不知道的皇上提出這樣的委託，將會掀起極大的風波。

這難道是天譴嗎？

一年前被窮奇下了詛咒的彰子，因為星宿產生歪斜，遠遠偏離了她原本應該入宮的命運。

代替她入宮的章子，就是現在的藤壺中宮。

原本以為，她可以就此度過一輩子與皇家毫無瓜葛的人生了。

「沒想到會發生這種事，想必左大臣也十分苦惱。」

真相若被揭穿，藤原道長一定會失勢。而安倍家族協助他欺瞞皇上，也絕不可能脫罪。

好不容易從打擊中重新振作起來的紅蓮，臉色蒼白地搖著頭。

「等等……為什麼是在這種時候呢？」

「紅蓮？」

「現在知道彰子必須面對這件事，昌浩的情緒一定會崩潰。」

滿臉憂慮的晴明說：

「嗯……我想也是。」

雖然昌浩什麼都不講，但比誰都近距離看著這個孫子成長的晴明，早就察覺昌浩的變化了。

晴明深深嘆口氣，垂下了頭。

「但是，我還是非告訴昌浩和彰子不可。」

高麗神說得沒錯，已經沒多少時間了。

齋王與神祇大副的病情愈來愈嚴重，知道神詔的人都焦急地等著脩子出發。

要阻止這場非天所願的雨，關鍵恐怕就在脩子的存在。

大地微微震動。由神將們的反應，晴明也察覺了。

晴明甩甩頭，轉過身說：

「差不多該回去了，我擔心京城。」

貴船祭神說，以這情形看來，頻頻發生的地震也跟始終下個不停的雨有關。

還說晴明知道出現在京城那條龍的來歷。

紅蓮想起這些話，抓住了晴明的肩膀。

「晴明，你知道那條金龍的來歷？」

青龍揚起了眉毛，紅蓮看到他殺氣騰騰的目光，但視而不見。

「你是說高龗神說的那件事？我也在思考，可是還沒想出什麼線索。」

紅蓮失望地放開手。

勾陣輕輕敲了一下他放開的手說：

「冷靜點，騰蛇，你對晴明發脾氣也沒用啊！」

「啊……」

忽然，紅蓮眨了眨眼睛，抓住勾陣的手。

「怎麼了？」勾陣訝異地歪著頭。

紅蓮注視著她的手，喃喃地說：

「龍的……氣息。」

他一直覺得很熟悉，自己的確接觸過龍所釋放出來的波動。

「原來是勾的神氣……！」

「啊？」

勾陣的神氣與龍的波動十分相似。

聽到紅蓮這麼說，所有人都面露驚訝，只有青龍看也不看紅蓮一眼。

「勾陣，妳有想到什麼嗎？」

「沒、沒有……」

被晴明那麼問，勾陣只是困惑地搖搖頭。

「會不會是你想太多了？紅蓮。」

「不，真的很相似。」

紅蓮瞪著船形岩的上空斷然回答。貴船祭神最後說的那句話依然混沌不清，真相不明。

所有人想破頭都想不出答案，就先下了貴船山。

9

隔天下午，晴明正在打包行李時，臨時寢宮又派人來接他。

先來通報的是已經來過好幾次的人，而今天的使者也是藤原行成。

兩人在依然綿綿不斷的細雨中，搭上牛車前往臨時寢宮。

車子開動後，行成滿臉憂鬱地說：

「晴明大人，如果可以的話，我想請教一件事，公主她……」

晴明默默點了點頭。光這樣，行成就知道答案了，他重重地吁了口氣。

「是嗎……」

想到皇上的心痛，行成就像當事人般露出痛苦的表情。

因為他看起來心情十分沉重，晴明不由得想起他昨天的模樣。

「行成大人，可以請教你一件事嗎？」

「什麼事？」

「昨天你看起來格外焦慮，好像你對公主也有什麼特別的牽掛……」

行成的表情變得僵硬，視線飄忽了好一會，才直直地盯著晴明，投降似的垂下了肩膀。

「什麼事都瞞不過你呢！晴明大人。」行成壓低聲音說：「請你千萬不要說出去。」

「當然。」晴明點點頭。

行成湊向他的臉，用勉強聽得見的聲音說：

「老實說……從去年底，我就跟皇上暗中進行著一件事。」

看到老人質疑的眼神，行成臉色緊繃地說：

「皇上的意思是，再過不久，就要跟左大臣大人提親，把公主下嫁給左大臣家的公子。」

晴明聽到也大驚失色。

「什麼……！」

行成慌忙制止晴明說：

「晴明大人，請小聲點！」

被勸阻的晴明做了個深呼吸。

行成又接著說：

「公主的母親，也就是皇后，沒什麼後盾，皇上說這樣下去，他實在很擔心公主的未來，所以我就提出了一個方法。」

皇后定子對左大臣大人一定沒什麼好印象。然而，對左大臣大人來說，定子是他的姪女。

行成知道，彰子入宮時，曾讓定子十分憂慮，也傷透了脩子的心。

左大臣藤原道長的家世、財力，都無可挑剔，而站在他的立場，除了讓女兒嫁入皇家外，如果兒子也能娶內親王脩子為妻，就更能加強自己與皇家之間的關係，進而鞏固地位。

皇上的想法十分正面，他認為女兒下嫁給當代第一大貴族，就不會遭遇不幸，可以安泰地度過一生。

「鶴公子九歲，跟五歲的公主十分相配⑤，家世又沒話說。而且，成為媳婦後，左大臣大人應該也會全心全意地照顧公主。」

「這……的確是……」

晴明半晌才擠出這句話。

之前從來沒想過這樣的事，但能實現的話，說不定是最好的辦法。

藤原家得到了皇室血脈，皇上也不必再替女兒的將來擔憂了。

公主只能是正室，所以將來萬一妻妾之間發生什麼紛爭，她也享有特別待遇，絕對不會受到任何委屈。

「事情進行到什麼階段了？左大臣大人知道嗎？」

行成搖搖頭說：

「不知道，正要找時機說時，就發現皇后懷孕了，所以皇上說要等生下皇女或皇子時，再告訴左大臣大人這件事。」

沒想到卻因為神詔，不得不把公主送往伊勢，也不知道什麼時候才能回來。最糟的情況是，可能在伊勢度過一輩子。

行成深深嘆了一口氣。

脩子的下嫁，可成為鞏固皇家與藤原家之間關係的橋樑。因為滿腦子都是這件事，行成才會對侍女說溜了嘴。

說脩子現在非常重要。

晴明拍拍沮喪的行成的肩膀，滿臉憂鬱地說：

「天照大御神說的話真是殘酷啊……」

拆散父母與子女、拆散晴明與家人，還有——

晴明忽然沉默下來。

命運逐漸將昌浩與彰子拉開。

皇上的決定應該不會改變了。為了脩子，他怎麼樣都會希望借住在安倍家的女孩陪伴同行。
回到家後，晴明必須將這件事告訴他們兩人。
一想到這件事，晴明的心情就很沉重。

昌浩今天比昨天早離開了陰陽寮。
直接回到家時，彰子出來迎接他。
「回來了啊！昌浩。」
「我回來了，彰子。」
昌浩笑著回應，脫下鞋子，接過彰子手中的毛巾。
小怪也有一條毛巾，它謝過彰子後，擦了擦四肢。
「晴明大人今天也外出了呢！」
「今天也外出了？」昌浩瞪大了眼睛。
彰子點點頭說：
「下午行成大人來接他去的，不過，今天比昨天早回來。」
這時，勾陣現身了。
「回來了啊？昌浩。」

「嗯，我回來了。」

小怪的夕陽色眼眸映著勾陣的身影，她瞥小怪一眼，想傳達什麼似的動了動眼皮。

光是這樣的動作，小怪就猜出一二了。

「對不起，你才剛回來，就來麻煩你，晴明有事找你。」

「咦，爺爺嗎？會是什麼事呢？」

昌浩正要一個人去時，勾陣又在他背後接著說：

「還有彰子小姐。」

「我也要去？」

昌浩不由得停下來，轉過頭看，視線正好與彰子困惑的眼神交會。

兩人滿腹狐疑地走向晴明的房間，小怪也腳步沉重地跟在他們後面。

勾陣一把抱起了小怪的白色身體。

晴明端坐在式盤前。

「爺爺，您叫我們嗎？」

晴明回過頭看著他們，指示兩人坐在自己面前。式盤前已經擺好了兩個坐墊。

兩人照指示坐下後沒多久，勾陣也抱著小怪進來，直接走到柱子前坐下來。

小怪坐在她旁邊。

「昌浩……還有彰子。」
晴明的聲音聽起來十分嚴肅，兩人都挺直了背。
「是。」
晴明交互看著兩人，思索著該怎麼說。
「最近，住在臨時寢宮的皇上召見過我好幾次，你們都知道吧？」
晴明是對著彰子說，彰子點了點頭。
「該從哪裡說起呢……彰子，妳聽了會很驚訝，最好先有點心理準備。」
困惑的神色在彰子臉上暈開來，她不知所措地猛眨著眼睛。坐在彰子身旁的昌浩，臉上也是滿滿的疑惑。
「妳知道伊勢神宮嗎？」
「知道，就是祭祀天照大御神的神宮。」
「是的。前幾天，從齋王所在的伊勢齋宮寮來的使者，帶來了神詔。」
神詔？對這個名詞很陌生的彰子不解地歪著頭。昌浩發現心跳不尋常地加速，不祥的預感在胸口逐漸擴散。
「神詔說，這場下個不停的雨是有違天意的雨，要把依附體帶去……那個依附體就是內親王脩子公主。」

晴明的語氣平淡，所說的內容卻很驚人。

兩人都倒抽一口氣，驚訝得開不了口。

「皇上要求我跟脩子公主一起去，我就承諾了。接著，皇上又對我提出了另一個要求。」

昌浩的心臟猛烈跳動，不知道為什麼覺得全身血液倒流，不想再往下聽。

但是，要開口阻止時，已經來不及了。

「皇上要求借住在我們家的女孩，跟脩子公主一起去。」

一陣衝擊在昌浩體內無聲地擴散開來。

腦中一片混亂的彰子把手壓在嘴巴上。

「咦……呃，對不起，晴明大人，請再說一次。」

晴明鄭重地點點頭，又重複了一次。

「皇上希望彰子可以陪脩子公主去伊勢。」

彰子瞪大了眼睛。

昌浩終於忍不住出聲說：

「怎麼會這樣……！不行，彰子不能去。」

「昌浩？」晴明皺起了眉頭。

昌浩口沫橫飛地說：

「怎麼能去呢？彰子跟中宮長得很像、以及中宮是代替彰子入宮的事，不是都要隱瞞到底嗎……？」

「昌浩……」

「而且為什麼非要彰子去不可呢？公主有很多侍女，根本不缺彰子一個，為什麼還要她去？」

「昌浩……」

「皇上到底在想什麼?!還有，左大臣什麼都沒說嗎？如果整件事被揭穿了，左大臣也不能置身事外……」

「昌浩！」

被晴明大喝一聲，昌浩嚇得顫抖了一下。

晴明平靜地對啞口無言的孫子說：

「我會說明全部經過，你先聽我說。」

伊勢神詔的事、皇上的請託、其實不想讓彰子去的真心話等等，晴明都一五一十地對兩人說了。

第一次聽說詳細經過的小怪與勾陣，臉色都十分沉重。

因為他們終於知道，晴明不能不答應，道長也不得不放手不管。

始終低著頭一語不發的彰子，緩緩抬起頭說：

「晴明大人，我幫得上忙嗎？」

「彰子？」

「我真的幫得上忙嗎？」

昌浩大驚失色，彰子又重複了一次。

晴明平靜地點點頭。

「是的，絕對幫得上忙，有妳陪伴，可以給公主壯膽。」

彰子閉上眼睛，再緩緩地張開眼說：

「我知道了。」

「彰子?!」昌浩大叫一聲。

彰子激動地說：

「昌浩，我一直在思考自己能做什麼……更何況，這次是皇上的旨意，非遵從不可。」

「不行，妳不能去！」

彰子搖搖頭說：

「不……昌浩你也知道，再不阻止這場雨的話，會影響到所有人。」

「我不知道、我不知道，我才不管這種事！」

看到昌浩焦躁地猛搖著頭，彰子沉著地說：

「不，昌浩，你都知道。如果有什麼我可以做的事，我想去做。就像你總是保護著我那樣，如果我可以保護誰，我也想那麼做。」

昌浩的眼眸強烈震盪，很想大叫不可以去，聲音卻不知道為什麼卡在喉嚨裡出不來。

彰子難過地瞇起眼睛，烏黑的眼眸像受了傷般波動搖曳。

昌浩的胸口一陣刺痛。

不，我不想看到她那樣的表情，不想把她逼到這種地步啊！

「我……我……」

再也控制不住情緒的昌浩，衝出了晴明的房間。

「昌浩！」

彰子的聲音緊隨在後，昌浩充耳不聞，跑回了自己房內。

看見彰子站起來，晴明制止了她。

「彰子，」晴明沉著地對轉向他的彰子說：「現在不管妳說什麼，他都不會聽的，等他冷靜下來再說吧！」

「是……」

彰子重新坐好，低下頭，肩膀顫抖得很厲害。她抽搐般地猛呼吸，努力不讓自己哭出來。

小怪本來要追上去的，想想又作罷了，因為現在讓昌浩獨處比較好。

在狂亂的情緒失控時，不管誰去找他，即使知道不對，他也會把氣出在那個人身上。

「彰子，可以請問妳一件事嗎？」

聽到晴明這麼說，彰子緩緩抬起頭，泛著淚光的眼睛在燈光下閃爍著。

「請問是什麼事？晴明大人。」

虛弱無力的聲音讓人心痛，但晴明隱藏自己的感覺，接著說：

「妳為什麼要這麼迫切地思考自己能做什麼？」

彰子張大了眼睛。

眼眸深處閃耀著受傷的光芒。

晴明猛然想起，總不會是……

彰子屏住氣息，緩緩地張嘴說：

「我不想……成為累贅……」

「什麼？」

小怪詫異地嘟囔，雖然很小聲，但還是傳入了彰子耳裡。

她纖細的肩膀顫抖著。

「我……我不想成為……昌浩的累贅……」

出乎意料的話讓小怪和勾陣都瞠目結舌。

晴明也掩不住驚訝，注視著眼前的女孩，連眼睛都忘了眨。

她如抽搐般，不停地喘著氣。

「我希望昌浩不要再為我受傷……他總是、總是保護著我，我卻完全無法回報他。」

「彰子，沒這種事吧？」小怪不由得插嘴說。

彰子轉頭看著它，搖搖頭說：

「不，我什麼都沒做。跟昌浩給我的相比，我什麼都沒做……」

一陣寒意掠過勾陣的背脊。

彰子內心有什麼嚴重的創傷，把她逼到了這樣的困境。

小怪暗自思量，昌浩的心靈創傷，是彰子在出雲為他擋了一劍所造成的。

誓言要保護到底的對象，在自己眼前被刺傷了。這件事深深刺痛了昌浩的心，到現在都還在淌血。
而彰子也一樣，否則不會把自己逼進死胡同。
儘管她所有心思都在昌浩身上，但光是這樣，還不至於把自己逼到這種地步。
小怪也有創傷，那道怎麼樣都無法縫合的傷口現在仍隱隱作痛。從舊到新，有數不清的傷口。
昌浩與彰子共同擁有，而且會將彰子逼到絕境的記憶，就是……
在記憶中搜索的小怪，把眼睛張大到不能再大了。
「貴船……？」
彰子的眼眸看起來就像應聲碎裂了，纖細的身體楚楚可憐地顫抖著，整個人僵直不動。
小怪確定自己的判斷沒錯。
彰子的心靈創傷，是來自一年前的貴船。
她雙手掩面，沒有流淚，只是無聲地在心底深處痛哭。
小怪走到顫抖的彰子面前，喃喃地說：
「昌浩不是也說過嗎？那不是妳的錯……」
彰子沉默地搖著頭，一搖再搖，悲痛地說：

「我刺傷了……說要保護我的昌浩……」

勾陣倒抽一口氣。晴明閉上了眼睛，心想果然是為了那件事。

小怪又平靜地說了一次：

「那不是妳的錯，不是妳的意志。」

「是我親手刺傷了昌浩……！」

「那只是異邦妖魔利用了妳的身體。」

「不，我還記得……現在也經常夢見……」

儘管次數不多，但每次昌浩遭遇危險或是保護自己時，她就會夢見。

昌浩笑著原諒了她。看到那個笑容，她鬆了一口氣。然而，隨著時間流逝，她發現一直有塊大石頭壓在胸口。

她無時無刻不在想，她要成為昌浩的助力，不要成為昌浩的累贅。

她再也不要承受那樣的折磨。

她抬起頭看著小怪。大家都以為她會哭，她卻沒有哭。

「我不後悔我在出雲所做的事，但是，如果因此傷害了昌浩……」

她閉上眼睛，無力地垂下肩膀。

「那麼還不如……不要待在他身邊。」

如果自己的存在會把昌浩逼到絕境，那還不如不要待在他身邊。
長髮遮住了彰子的表情。
屋內彌漫著令人窒息的沉默。
燈芯滋滋作響，火光搖曳。
「什麼時候要陪公主去伊勢？」
恢復平靜的彰子，說話聲音聽起來更讓晴明心痛。
「快的話，就在幾天後。等一切準備就緒後，就會悄悄出發了。」
這是國家大事，恐怕不能像齋王的伊勢群行⑥，必須掩人耳目，迅速前往，在最短時間內到達。
貴族們也不會知道這件事。神詔若傳開來，很可能攪亂人心，造成恐慌。
為了穩定局勢，絕對不能走漏消息。
彰子轉向晴明，一鞠躬說：
「決定後請告訴我。」
「好的。」
「對不起，我覺得有點累，先回房休息了。」
彰子勉強擠出笑容，站了起來，走回自己的隔壁房間。

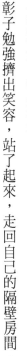

晴明深深嘆了口氣。
「晴明……」
不知如何是好的小怪，求救般地呼喚晴明的名字。
晴明揮手叫它過來。它東搖西晃地走過來後，晴明就摸著它的頭說：
「真沒想到她把自己逼到了那種地步……」
聽到晴明的喃喃自語，勾陣苦笑著說：
「我完全沒想到……也完全沒注意到……」
「沒辦法啊，勾陣，創傷這種事，除了自己，沒有人能真正了解。」
有人不管遭遇多殘酷、多難過的事，都不會留下傷痕。
有人不管經過多久，傷口都不會痊癒。
豈齋事件也曾經成為晴明長期以來的心靈創傷，直到傷口癒合，心的疼痛減緩，他才能冷靜地回想這件事。
在這之前，他都是一味的逃避，不敢正視這個傷痛。不管過得多幸福、時間都過了幾十年，傷口還是無法痊癒，一直折磨著他。
「我也花了五十多年才平復，昌浩和彰子都還需要時間。」
如果待在一起，就會顧慮彼此，自我苛責。

老人惆悵地低聲說：

「雖然事情來得很突然，但是現在的昌浩和彰子，也許確實有必要分開一段時間……」

天照的神詔，說不定是上天的好意，不讓這種狀況更加惡化。

＊　＊　＊

很久沒來過脩子對屋的皇上摒退所有人，與脩子獨處。

脩子顯得很不安。

嵬躲在床帳裡，但總不能叫它出來陪伴自己。

皇上看著脩子好一會後，表情忽然扭曲起來。

就在驚訝的脩子面前，皇上壓住了眼角。

「父親……？您怎麼了，哪裡痛嗎？」

「沒……沒有、沒有，脩子……」

皇上感到悲從中來，咬著下唇，做了個深呼吸。

「聽我說，脩子……這是很重要的事。」

脩子眨了眨眼睛。

皇上竭盡所能，以脩子聽得懂的話語儘可能地詳細說明，告訴她天降神詔，必須把她送去伊勢，而且不知道什麼時候才能回來。

還有，安倍晴明與住在安倍家的女孩會陪她一起去，所以她不用擔心任何事。其實，皇上最後這句話與其是說給脩子聽，更是說給自己聽。

脩子歪著頭，直直看著父親。

「我去伊勢，雨就會停嗎？」

「不知道……但是父親相信，天照大神會傾聽我們的心聲。」

五歲的小女孩露出不符年齡的深思眼神。

「那麼……我去。」

皇上有種被碎屍萬段的痛楚。

脩子平靜地說：

「我去，我會好好服侍神明，為父親做點事。」

然後，又惶恐地補上一句：

「所以，我希望可以請晴明來看看母親，替母親祈禱身體趕快好起來。」

皇上忍不住緊緊抱住了女兒。

「嗯，我馬上召他來看妳母親，請他明天就來。」

脩子點點頭，笑了起來。

好久沒這樣躺在父親懷裡了，她覺得好溫暖、好開心，真的好開心。

小怪的陰陽講座

⑤平安時代的貴族經常在孩子很小的時候就替他們互許終身，只要是門當戶對，都希望可以早一點決定婚事，這也有助於鞏固彼此家族的地位。所以像脩子公主和鶴公子這樣小小年紀就有婚約，在當時的貴族之中並不稀奇，甚至也有二十多歲的千金被許配給十歲左右的公子。

⑥指被選為齋王的皇女或皇族千金，前往伊勢時大張旗鼓的浩大隊伍。

10

半夜過後，昌浩溜出了安倍家。

他淋著雨，走在京城裡。

隨後追上來的小怪揚起眉毛說：

「喂，昌浩，你要去哪裡？」

「沒決定去哪裡，隨便走。」

「沒有特定目的就回家吧！你連蔽雨術都不用，感冒就糟了！」

昌浩看都不看生氣的小怪一眼，喃喃地說：

「沒關係，感冒就感冒吧！」

小怪差點吼出聲來，好不容易才克制住，甩了甩頭。

漫無目的地走著時，又發生了地震。

昌浩和小怪停下來觀察四周。

小怪早就察覺到勾陣隱形跟著他們。

夕陽色眼睛機警地閃爍著。

昨天應該已經被昌浩擊倒的金龍所散發出來的波動，酷似勾陣的神氣。
這究竟意味著什麼呢？
晴明也不停地在思考，但怎麼樣都找不出答案。
小怪不禁在心中咒罵貴船祭神，既然要說，為什麼不說清楚講明白。
確定地震平息後，昌浩繼續往前走。
小怪跟在他身旁走了一會，終於忍不住焦躁地說：
「喂，你差不多該……」
昌浩打斷小怪說：
「伊勢很遠吧？」
這問題問得太唐突，小怪一時反應不過來。
昌浩停下腳步說：
「我不能離開京城，有什麼萬一時，不能馬上趕去，但是……」
但是，有爺爺陪在彰子身旁。
有曠世大陰陽師安倍晴明陪在她身旁，所以不管發生什麼事，彰子都會平安無事。
「有爺爺在，就可以鎮住窮奇的詛咒。公主若遇到危險，有爺爺在，也沒有什麼好擔心的。」

彷彿在做什麼確認般，昌浩一字一句說得鏗鏘有力，像在說給自己聽。

「所以……我必須在這段期間……變強……變得比誰都強，強到不管發生什麼事，都能拍胸脯說『有我在就沒問題』……」

小怪繞到昌浩面前說：

「你真的不在乎？」

昌浩的感情波動不已，嚴重到必須自己給自己施加言靈的咒語。

種種記憶、無數的思緒、自責與憂愁……許許多多的感情像狂濤駭浪般，在昌浩心底澎湃翻騰。

「沒……沒辦法啊！憑我……」

在昌浩腦中浮現的記憶，是出雲的雨，還有刺進彰子身體的白刃。

「憑我根本保護不了彰子……」

曾經發誓要保護她、保護她一輩子，不管發生什麼事都要保護到底，卻……

從來不知道自己這麼稚嫩，竟然無力到這種地步。

就是因為不知道，才敢大言不慚地說絕對能保護她。還那麼天真地發誓，想都沒想過會有違背誓言的一天。

「即使如此……我還是想保護她！憑我的雙手保護她，不想把她委託給任何人，不管是爺爺，或是你小怪！我不會再讓她發生那樣的事！」

所以，他要變得更強。然而不知道為什麼，總覺得愈努力往前走，離目標卻愈來愈遠。

他並不想對彰子說那種話，也不想看到彰子那種表情。他心中所期盼的，向來只有一件事。

就是那個冬天的早晨，他目送前往皇宮的牛車離去時，不斷在心中反覆說的話。

妳要幸福，一定要幸福。

他希望她能幸福，希望能憑自己的雙手，讓她遠離恐懼與傷痛。

希望她在沒有憂愁、煩惱的日子裡，平靜地度過一生。

然而，現在卻是昌浩待在彰子身旁，反而會給彰子帶來危險。彰子會為了昌浩不惜犧牲自己，愈是這麼做，就愈與昌浩的願望背道而馳。

那句話是他心如刀割的悲痛吶喊。

「這……」

小怪正要開口時，勾陣現身了。

「騰蛇！」

赫然轉過身的小怪與昌浩，看到那條金龍從土裡竄出來。

「什麼！」

昌浩一陣愕然，心想昨天明明打倒了它啊！

他緊緊握起拳頭，低聲咒罵：

「這次非殺了你不可……！」

從他全身冒出了灰白色的氣體。

小怪和勾陣都看得瞠目結舌，因為那是天狐的火焰。

「昌浩，冷靜點。」

昌浩不聽小怪勸阻，衝上前去追金龍。

「啐！」

紅蓮瞬間恢復了原貌，跟勾陣一起追上昌浩。

金龍在土裡游動著，直直游向了北方。

所有人都以為它的目的地是皇宮，沒想到路線突然稍微偏向了東方。

是東北方位。可見從這裡往東北走，有什麼吸引它的東西。

「是安倍家。」

面積大到有點超出身分地位的安倍家就位於皇宮東方。金龍的目的地，總不會是那裡吧？

金龍扭動身軀，咆哮起來。勾陣覺得響徹雨中的吼叫聲很熟悉。

「什麼……？」勾陣訝異地低語。

紅蓮追問：

「勾？怎麼了！」

勾陣瞥了小怪一眼，難以置信地說：

「那條龍的咆哮是……」

又開始地震了。勾陣清楚感覺到，搖晃像在呼應龍的吼叫般，從京城東北方逐漸向外擴散開來。

就在震動延伸過來的瞬間，勾陣知道震源在哪裡了。

同時也知道高龗神所說的謎一般的話語，究竟是什麼意思了。

「難道是地龍?!」

安倍晴明察覺到不對勁，不管青龍的臉有多臭，還是使用了離魂術。

在青龍、天后、白虎與剛從伊勢回來的朱雀陪伴下，晴明趕往了京城。

「地震的來源是那條龍？」

看到跳躍咆哮的龍，晴明的表情變得嚴厲。那條龍一暴動，就會引發地震，撼動整

個京城。
這時，一個白色身影出現在晴明面前。
最先有反應的是朱雀。
「妳是上次那個……！」
在皇宮溫明殿撞見的來歷不明的白髮女人。
天后注視著女人，她聽朱雀和太陰說過，這個女人的裝扮跟他們很像，是個身手不凡的異形。
據說靈力足以與道反公主風音匹敵的白髮女人，直直盯著晴明。
「安倍晴明。」
晴明大吃一驚，對方居然知道年輕外貌的自己是安倍晴明。
「妳是什麼人？」
女人沒有回答晴明的低聲詢問，只淡淡地放話說：
「不要插手內親王的事，這件事與你們無關。」
「什麼？」
青龍揚起眉毛，往前跨出一步，全身冒出鬥氣。
然而，女人還是文風不動地斜睨著晴明。

「這是忠告，想活命就乖乖聽從。」
晴明阻止就要發動攻擊的神將們，嚴肅地問：
「妳怎麼知道我是安倍晴明？」
女人連眉毛都沒動一下。
「我們的神明什麼都知道。聽著，安倍晴明，如果你重視這個國家，就不要管內親王的事。」
女人的話才剛說完，就發生了更大的地震。
晴明等人的注意力都轉向了那條龍，女人就在這時候忽然消失了。
「那個女人到底是什麼來歷！」
激動的青龍低聲咒罵著，一副就要追上去的樣子。
白虎勸阻他說：
「冷靜點，青龍，要先解決那傢伙。」
金龍緩緩逼近了。
神將們都察覺到，有同袍的神氣追著金龍而來。
天后的眼睛亮了起來。
「勾陣往這裡來了。」

青龍的臉更臭了，因為勾陣是跟著昌浩出去的，所以騰蛇應該也在。冒出來的鬥氣愈來愈犀利，青龍卻毫不壓抑。

晴明嘆了口氣。

忽然，高龗神的話在耳邊響起。

——沒有時間了，龍的暴動正一分一秒地增強中。

高龗神說晴明知道，但是晴明認識的龍，除了貴船的祭神外，就只有諏訪的龍神了。

金龍散發出的金色光芒似乎愈來愈強了。就像從內側燃燒起來般，緊緊地裹住了龍身。

龍的目的地是京城的東北方，位於東北方的是——

「——」

一道閃光瞬間在晴明腦中爆開。

「不會吧……！」

「晴明？」

驚訝的朱雀與擔憂的白虎都把視線轉向了晴明。憂心忡忡的天后慌忙扶住了一時站不穩的晴明。

「晴明，怎麼了？」青龍粗暴地問。

晴明一隻手按著額頭，茫然地說：

「我知道了。」

「知道什麼？」

晴明直直瞪著金龍。

「那是龍脈的化身……！」

緊追著金龍的昌浩，完全沒聽見隨後跟來的神將們的話。

那條龍一出現，就會帶來地震，一擺動身軀，就會地晃天搖。只要有那條龍在，地震就不會停止。

非打倒它不可。已經收伏過它一次了，應該辦得到。

全力奔馳的昌浩，全身飄曳著灰白色的火焰。掛在昌浩脖子上的勾玉產生冰冷的波動，試圖壓抑火焰。

昌浩連這樣的狀況都沒察覺，眼中只有狂暴的金龍。

跟在昌浩後面的紅蓮詢問同袍：

「勾，真的是地龍？」

「嗯，應該沒錯。」

既然是地龍，就說得通了。那條龍釋放出來的波動酷似勾陣的神氣，是因為身為土將的勾陣與地龍同屬性。

「如果是地龍，目標就是安倍家。那片土地下，有龍脈的會合點。」

紅蓮也感到驚訝，這才想起，很久以前晴明曾經說過。

安倍家東北方的森林裡，有個深達龍脈的洞穴，不過那只是安倍家代代的傳說，晴明笑說他也沒確認過。

這個國家的地形就像一條龍，而國土底下深處有大地的氣流，就像流過龍體的鮮血。

這股氣流稱為龍脈，是大地的呼吸、是生命脈搏的波動。

安倍家的地底下，的確有龍脈通過。兩條龍脈會合的衝擊，捲起激烈的漩渦。

若是擁有力量的人類或異形知道的話，就會利用龍脈來做壞事。安倍家的祖先就是這麼想，才把住家蓋在這裡。

安倍家因此擁有超越身分地位的廣大面積，但是大歸大，實際上只使用了一半的土地。而嚴禁任何人進入的森林，是用來隱藏龍脈通過的龍穴。

儘管如此，還是會有人跟小時候的成親一樣，好奇地闖入。但是，龍穴深得可怕，人類要是掉到最底下，就再也爬不上來了。

昌浩一行人正往西洞院大路直直北上。

察覺這狀況的昌浩大驚失色。

前面就是安倍家，彰子就在裡面。

「唔……！」

昌浩邊跑邊結印，大叫著：

「嗡阿比拉嗚坎夏拉庫坦！」

「昌浩，不可以！」紅蓮大叫。

昌浩不理他，繼續叫喊：

「此術斷卻兇惡，驅除不祥……！」

昌浩眼中只有金龍。

紅蓮咂了咂嘴。

沒有用的。倘若那條龍真是龍脈的化身，不管昌浩如何施行法術來收伏它，它都會再活過來，因為流經龍脈的大地之氣是無限的。

勾陣這才了解高龗神話中的意思，不禁瞪大了眼睛。

龍的暴衝，就是龍脈的暴衝。龍脈經過京城正下方，若這樣的暴衝持續增強的話，

不久就會引發天崩地裂的慘事。

到時候，京城會毀滅。

勾陣咬住了嘴唇。

「不行，昌浩！攻擊金龍毫無意義！」

昌浩背上的層層火焰燃燒得更熾烈了。

明明有道反玉石壓抑著天狐之血，昌浩的感情卻凌駕在那股力量之上。

在臉的正前方擊掌合十、結起刀印的昌浩，低聲吟誦著：

「八劍乃花之刃，此劍乃雷之刃……！」

從高高舉起的刀印前端，迸射出銀白色的閃光。

「殲滅來犯惡魔之草薙劍——！」

揮下的刀印，放射出八層雷電。

轟然震響的雷電襲向金龍，把龍身大卸八塊。

產生了劇烈爆炸，被炸得支離破碎的龍身碎片跟雨一起飄落下來。

身上都是這些碎片的昌浩突然雙膝著地倒了下來。

「昌浩！」

紅蓮衝上來，抓住昌浩的手臂撐住了他，只見他茫然地眨著眼睛。

「咦……我怎麼了？」

他覺得全身無力，跟被從龍體迸射出來的金色光芒包圍時一樣。

追上來的勾陣咂咂嘴，幫他拍掉了身上的碎片。

「人類被這麼強烈的大地之氣包圍，怎麼可能撐得住！」

昌浩很少聽到勾陣說話這麼急躁，他茫然地問：

「大地之氣？」

「是啊！那條龍是通過京城地底下的龍脈的化身。」

紅蓮憤怒的聲音，聽起來很刺耳。

「不管殲滅幾次，都會再出現。若要徹底剷除，只能斬斷龍脈。」

昌浩瞇起了眼睛。

「那麼……我就斬斷龍脈。」

紅蓮一陣驚愕，緊接著怒聲斥喝：

「你瘋了啊！龍脈等於是這個國家的生命！你那麼做，國家就滅亡了！」

昌浩的心臟撲通撲通地跳著。

不然該怎麼做呢？就算不能讓雨停止，至少也要讓地震停止，不然京城會有危險。

昌浩無力地跪下來，肩膀喘得上下抖動，紅蓮和勾陣都憂慮地看著他。

因為他的心就快要崩潰了。

勾陣瞥一眼紅蓮的側臉，想起他也有好幾次，跟現在的昌浩一樣被逼到了極限。每次他都是怎麼樣爬出泥淖，怎麼樣把持住自我的呢？

勾陣無法想像，因為她從來沒有受過這麼重的傷。

想像力畢竟有限，即使自以為理解，也只有當事人才知道是否正確。

想要正確理解對方的心，必須根據自己的經驗來判斷。

連距離最近的同袍們，都只能用推測的方式來理解彼此的心，更何況是不同族類的人類，就更難理解了。

所以，勾陣從來不認為自己能完全理解對方，總是退後一步，儘可能看清楚大局。

這也是一種自我保護的想法，避免自己被對方的意志或感情左右。

自己產生動搖的話，就會看不到原本應該看得到的事物，而救不了原本應該救得了的人。

昌浩失魂落魄地站了起來。

他不知道自己為什麼這麼不安？為什麼這麼焦慮？為什麼這麼急躁？

心中波濤洶湧，捲起驚人的劇烈漩渦，彷彿要吞噬了一切。

撲通撲通的心跳聲在耳朵深處喧噪著。

雨聲響起。水窪上掀起陣陣漣漪，地面又開始震動了。

經過很長一段時間才平靜下來。

勾陣察覺到有東西在土裡鑽動。

是龍脈的化身，又開始搏動了。

會從哪裡出來呢？

嚴陣以待的神將們發現有同袍的風往這裡而來。

「白虎？」

好幾個黑影降落在屏息凝視的兩人面前。

紅蓮驚訝地叫出聲來。

「晴明！」

聽到這個名字，昌浩緩緩抬起頭來。

眼前站著使用離魂術的晴明，昌浩忽然覺得那身影特別親切。

晴明看一眼昌浩，就知道事態嚴重了。虛脫無力的昌浩，眼睛深處搖曳著灰白色的火焰。

「昌浩……」

正要跨出一步時，又發生了地震，而且震源很近，讓人產生地面如波浪般起伏翻騰

的錯覺。可以感覺到，地脈的波動正逐漸逼近。

必須想辦法抑制龍脈的暴衝才行，但是，該怎麼做呢？

「舉行儀式……召喚地神，祈求協助吧……」

就在晴明喃喃低語的瞬間，他察覺到一股氣息。

神將們的神氣頓時奔騰澎湃。

昌浩被異樣的氣氛吞噬，無聲地環視周遭。

西洞院大路微微震動著。

漆黑的身影降落在夜還十分漫長的綿綿細雨中。

11

悠然走過來的身影，停在相距一丈遠的地方。

儘管是在沒有亮光的雨夜裡，對自己施加了暗視術的晴明和昌浩還是清楚看到了對方的樣貌。

昌浩搖搖晃晃地站起來，瞪大了眼睛，對方卻只是毫不在乎地瞄了他一眼。

「冥府的……官吏……」

聽到昌浩茫然的聲音，冥府官吏只揚起了一邊嘴角。

有所警戒的晴明緘默不語，身穿黑色衣服的冥官將視線轉向他。

「你耗掉了不少時間呢！安倍晴明。」

晴明的眼神變得淩厲。

「冥官，你怎麼會來這裡？」

「當然是有事。」

冥官爽快地回答，視線掃過所有神將們。在場的六名神將都對冥官沒什麼好感，其他不在場的六名，想法應該也都一樣，只是表現方法不同。

「伊勢的神詔跟龍脈的暴衝有關。」

冥官單刀直入，以震撼的事實封住了晴明等人的言語及行動。

「雖然你不在，京城的龍脈會愈來愈狂亂，但你還是得去伊勢，安倍晴明。」

晴明嚥下了口水。這時候只要說錯一句話，冥官就不會給他提示。

對，這是提示。

冥府官吏的權限向來只用在死者身上，不太管生者的人界。

據說，這也是冥府的規則。只要沒有特別理由，不管將會發生多麼慘不忍睹的事，他都不會干預。

唯獨這次，恐怕由不得他那麼做了，因為國家大事也會攪亂冥府。

「我該怎麼做？官吏大人？」晴明誠懇地詢問。

冥官回說：

「希望我幫你嗎？」

晴明還來不及開口，就被青龍打斷了。

「不要聽他的，晴明！不要欠他人情！」

冥官瞥一眼大吼的青龍，瞇起眼睛說：

「住口，十二神將，我現在不是在跟你們說話，是在跟你們這個窩囊沒骨氣的主子說話。」

揹著大劍的朱雀把手伸向了劍柄，青龍也把手伸向了大鐮刀，天后身旁捲起水波動的漩渦，圍繞著白虎的風變得犀利，勾陣也將手伸向了插在腰帶上的筆架叉，紅蓮身上的鬥氣更強烈了。

局勢一觸即發。

昌浩驚訝得說不出話。每次、每次見面，都只會相互仇視的紅蓮與青龍，現在竟然出現了完全相同的反應。

昌浩也認識冥官，但不知道神將們為什麼對他抱持這麼露骨的敵意，覺得非常困惑。

晴明向前一步，制止了神將們。

「我可能應付不來，所以希望你能協助。」

「你可不要後悔哦！」

冷冷拋過來的聲音讓人不寒而慄，但是，沒有後路了。

「是的，我不會。」

晴明點點頭，冥官抿嘴一笑說：

「這可是你的承諾哦！你也算是一介陰陽師，應該知道違背言靈會導致身敗名裂。」

「你給我聽著……！」

青龍大發雷霆，晴明舉起一隻手制止他。
「晴明！不要攔我！」
「宵藍，退下！」
一聲斥喝，青龍還是不退下，所有神氣都投注在手上的大鐮刀上。
面對這麼多人的敵意與鬥志，冥官依然面不改色，絲毫不為所動。
他從懷裡取出了某種東西，在晴明面前晃了晃。
晴明一眼就看出了那是什麼。
「那是……！」
「沒錯，這是你從出雲帶回來的鋼球。」
昌浩的心臟跳得異常快速，他也知道那是什麼東西。
那是植入魑魅體內的核心鋼，彰子的靈魂曾經被封鎖在裡面。
「那東西怎麼會……？」
昌浩茫然地嘟囔著，冥官只瞥了他一眼。
「能用的東西就要用，光藏起來沒有意義。」
冷冷說完後，冥官一一看過每個神將。
「太好了，」冥官微微一笑，眼神射穿了晴明。「我要借用你的式神。」

驚訝的晴明還來不及說什麼，就響起了冥官的言靈。
「十二神將青龍、白虎、朱雀、天后、勾陣。」
被叫到名字的神將們像被無形的繩索捆住般，頓時失去了自由。
「什麼……?!」
淒厲的咒縛纏繞全身，視野突然一片漆黑。
「勾?!」
就在彷彿聽到叫喚聲的剎那間，勾陣虛脫地倒了下來，一陣衝擊貫穿全身。
她勉強撐開似鉛般沉重的眼皮時，只看到單腳著地的紅蓮，扶住了差點倒地的自己。
當神將們發覺自己的神氣被連根拔起時，已經倒在地上，動彈不得了。
硬撐著想爬起來的青龍邊扒著泥濘，邊狠狠地瞪著冥官。
「唔……臭小子！」
「宵藍！白虎、朱雀！天后……！」
看到神將們毫無抵抗地倒下去，晴明也大驚失色。
原本搞不清楚發生什麼事的昌浩，這才恍然大悟，五人份的強烈神氣，是被吸入了冥官手中的核心鋼內。
「這個鋼球注入了五行的力量，可以抑制龍脈暴衝，但是維持不久。」冥官把鋼球

收入懷裡說：「安倍晴明，你必須查出雨跟龍脈的關聯，防範一切於未然。」
面對說話高傲的冥官，晴明極力保持冷靜，與他對峙。
「你所說的一切是……？」
「我也不是什麼都看得透，只知道種種思緒與神明縱橫交錯，不斷衍生出危害國家根基的事態。」
晴明扶起體重最輕的天后，疾言厲色地說：
「再怎麼樣，你也不該這樣對待神將們……！」
「我一開始就警告過你不要後悔，也取得了你的承諾。」
「可是……」
「不用擔心，他們不會死，神氣過一段時間就會恢復，只是暫時不能動而已。」
青龍氣得眼睛變成了藍紫色，但是他連站都站不起來，更不要說是攻擊了。
如果視線能轉為具體力量該多好啊！青龍從來沒有這麼期盼過。
「時間不多了，你好自為之。」
冥官滿不在乎地笑笑，轉身離去。
眼神與冥官瞬間交會的昌浩，露出畏怯的神色。跟這個把祖父也玩弄在手掌心上的人相比，自己連小孩都稱不上。

冥官看著昌浩，泰然自若的笑容從他嘴邊消失。

他把手伸向腰間的長刀，以迅雷不及掩耳的速度從刀鞘拔出來。

剎那間，昌浩無法理解發生了什麼事。

白刃閃過視野，低頭一看，刀尖已經抵在自己的喉頭上。

昌浩屏住了呼吸，只要冥官稍微使力，刀尖就會立刻割斷喉嚨。

因為過度震撼，昌浩連退後逃開都做不到，整個人被冥官犀利的眼神吞噬了，全身僵硬。

把刀架在昌浩脖子上的冥官，半晌才低沉地說：

「可別沉淪了——」

昌浩瞪大了眼睛。

冥官的言靈重重扎刺著耳朵。

「要沉淪為魔鬼很容易，但再也不可能爬出來。」

心臟撲通撲通地猛烈跳動著。

刀從脖子移開，解脫威脅後，昌浩無力地癱倒下來。

「獵殺小孩子，我會有罪惡感……你可別沉淪了，安倍昌浩。」

冥官轉身離去，這次沒有再回頭了。

黑色衣服逐漸融入黑暗中。昌浩抖動肩膀喘著氣，茫然地嘟囔著：

「魔鬼……？」

白髮女人從頭到尾都看見了。

冰冷的雙眸閃爍著機靈的光芒。

「鎮住了龍脈啊……」

這麼喃喃自語後，女人轉身離去。

✕ ✕ ✕

胸口一陣騷動，風音張開了眼睛。隱形的六合在她旁邊現身了。

風音爬起來，若有所思地微歪著頭。

發現六合詢問的眼神，她才皺起眉頭低聲說：

「我覺得好像神氣突然消失了。」

許多神將的神氣一下子消失不見了。

六合默默點點頭。當然，他也發現了。沒有感覺到死亡的危機，但可以肯定發生了什麼事。

「彩輝，你最好去晴明那裡一趟，看看發生了什麼事。」

「嗯。」

六合站起來，瞬間隱形了。

風音嘆口氣，披上外衣，走出外廊。

雨中似乎飄蕩著某種氣息。

忽然，她感覺到一道視線。轉頭一看，阿曇就站在角落。

風音疑惑地皺起了眉頭。

她究竟是什麼時候站在那裡的？

阿曇一語不發地離開了。風音的視線追逐著她的身影，忽然注意到一件事。

她的長髮是濕的，像是剛淋過雨。

◇　◇　◇

波濤聲嘩啦嘩啦作響。

在黑暗中，齋靜靜地祈禱著。

益荒陪伴在她身旁。
齋緩緩張開眼睛說：
「時間不多了……」
益荒嚴肅地瞇起了眼睛。
少女的聲音融入了黑暗中。
「為了御柱，必須將公主……」

嘩啦嘩啦。

波濤聲不絕於耳。

後記

我家有很多奇奇怪怪的東西，雖說都是有用的資料，但是，這樣的東西堆得愈來愈多，還是難免會遭來奇異的眼光。

前幾天，看到西洋魔法儀式使用的細長劍，因為十分罕見，很想買。正猶豫著把這種東西大刺刺地放在房間裡好不好時，有人對我說：

「何不買了呢？作家的家裡有任何東西，都不會有人感到驚訝。」

真是這樣嗎？

陰陽道或陰陽術的書也就罷了，擺著金剛杵或七把刀⑦，看到的人真的會坦然接受嗎？我想恐怕很難吧！

不過，我可沒有金剛杵，也沒有七支刀哦！

各位，好久不見了，近來可好？我是結城光流。

少年陰陽師第二十二集了，總算起來是第二十三本，有時自己也會搞不清楚。

先來看例行的人物排行榜，這次的排名終於、終於有了變動。

第一名是煉獄之火纏身的十二神將之火將騰蛇。

第二名是煩惱的少年陰陽師安倍昌浩。

第三名是怪物小怪。

接下來依序是六合、勾陣、青龍、彰子、爺爺、玄武、風音、太裳、太陰、結城、年輕晴明、汐、車之輔、朱雀、高龗神、猿鬼、齋、冥官。

到了第二十三本，紅蓮終償夙願，勇奪第一，恭喜了。

這次讓出第一名寶座的昌浩，失敗原因可能是從前一集開始就無精打采。

倒是怪物小怪，最近都保有穩定的人氣呢！六合與勾陣也都維持在前面幾名。終於正式出場的冥官應該算是一匹黑馬吧！

真的很想知道前三名今後會怎麼變動。

不過，因為沒什麼時間，所以下一集說不定不會發表人物排行榜。

是的，下一集《少年陰陽師》預定八月出版。

我一再跟責任編輯N川展開激烈的攻防戰，才得出這個結論。

光「兩個多月要完成文庫、雜誌、文庫，再怎麼樣都不可能！」（《The Beans》雜誌預定七月發行。）

N：「放心，結城一定做得到。」

光：「做不到怎麼辦？」

N：「結城每次都這麼說，可是沒有一次沒做到啊！」

光：「說不定這次就做不到啊！」

N：「不，只要有讀者的期盼，結城就做得到。」

光：「我今年的口號是『不要勉強、不要過勞』。」

說得滔滔不絕，直言不諱。

這樣的攻防，中途有了意想不到的發展。

N：「結城，老實說，因為人事調動，我要離開Beans編輯部了。」

光：「咦?!」

N：「之後的事，我會交接給H部。對了，關於六月、八月、十月的隔月發行月刊，編輯部幹勁十足，所以妳要有心理準備。」

光：「等等！為什麼多了一本？」

N：「那是我留給妳的紀念品，謝謝妳一直以來的關照，保重啦～」

H部取代因人事調動而瀟灑離去的N川小姐，成為《少年陰陽師》的第三位責任編輯。

H：「請多多指教，關於隔月發行的三本雜誌進度……」

光：「等等，為什麼多了一本呢？我有異議！」

H：「異議駁回，請辯護人修正軌道。」

光：「庭長，這樣會不會太霸道了？」

H：「可是，結城，隔月連出三本，又全都是新作，讀者看到不知道會有多開心呢！」

竟然啟動了最強咒文「讀者會很開心」（相同程度的咒文還有「讀者會很驚喜」）……

光：「嗚……不行，讀者是會很開心，可是……我實在做不到啊！頂多只能完成六月、八月的雜誌，十月的部分不可能！」

H：「嗯……那就沒辦法了，第三本就再討論，協調出可能的時間吧？十月到底要不要出，我來徵求讀者的意見好了。」（所以，看完後記的讀者們，請寫信給結城，要求她十月也刊登少年陰陽師哦！　by H部）

好可怕的H部，是至今以來最沒有漏洞可鑽的責任編輯！

總之，包括這一本、八月號雜誌、預定於七月底發行的《The Beans》在內，H部好像在策畫什麼方案。

關於這方面的詳細內容，請查閱文庫本的書腰或雜誌。

聽說H部被派到Beans編輯部前，就開始看《少年陰陽師》了……天哪！

回想起來，《少年陰陽師》從出版第一集到現在，已經六年了。好長啊，六年耶，小嬰兒都上小學一年級了。

我跟前責任編輯N川談過「玉依篇的結尾大約是這種感覺，之後是……或……的情節，《少年陰陽師》整體的完結篇會朝向……的感覺，所以還要寫很久」之類的話。

所以，我也要把整個流程告訴H部才行。

不過在說之前，還有更優先的事項，那就是能不能跟她相處融洽。與工作夥伴之間的人際關係非常重要。

更換責任編輯後的第一次討論，將決定今後的關係，絕不能掉以輕心。

光：「這一本的內容，大約是……的感覺，所以，在最後的地方會……然後……我想描寫紅蓮撐住快倒下的勾陣的畫面……」

H：「這是一定要的！非寫不可！」

就在這一瞬間，我覺得：「啊，我跟這個人一定很合得來。」

這個H部，還很會見縫插針，展開凌厲攻勢。

結束這本書的兩天後，我正大口大口喘著氣時，接到一封信。

H：「六月號雜誌辛苦妳了，我要在書腰上做預告，所以請告訴我八月份的故事標題。」

……強人所難也要有個限度吧……

我誠摯地告訴她，我才剛完成上一本，不可能想得出來，而且我向來就不擅長想標題。

H：「咦，完全看不出來耶！妳每次想出來的標題都出神入化，讓我讚歎不已呢，所以這次也會想出來。」

光：「不可能——！」

H：「是嗎？總之，請在×日前……啊，不，我勉強可以等到○×日前。為了讀者們，也請妳加油看看囉，我也很期待呢！」

嗯——嗯——嗯——嗯。

標題、標題、標題，適合下一個故事的標題，快出來啊，標題！

不可能，絕對不可能，突然跟我要標題，叫我去哪裡生嘛！救救我啊，爺爺！

煩惱之餘，跑去看舞台劇，趁中間休息時看點資料，居然就想出來了。

一定是爺爺可憐我，給了我靈感，叫我用這個標題。

少年陰陽師第二十四本《寂靜之瞬》，應該會在八月一日發行（二〇〇八年）。

主要是由H部負責，但又多了一位K藤，也是責任編輯。
兩名責任編輯，等於是前有虎後有狼，也就是「無處可逃」。
K藤說，在她進入社會工作前就開始看《少年陰陽師》了。整整六年，真的是……
K：「沒想到有一天我會成為長期閱讀的《少年陰陽師》的責任編輯……」
我個人的感想是，沒想到有一天會有讀者成為我的責任編輯。
現在看到這裡的讀者們，說不定哪天也會像這樣，跟自己最喜歡的作品或作家，因工作產生關聯。
曾經在電車上看《少年陰陽師》第七集看到號啕大哭的K藤，應該是歷代責任編輯中，立場最接近讀者的一位。
我透露了幾個花絮設定，K藤就很興奮地打破砂鍋問到底。還跟她說了很多現代版的少年陰陽師題材，她衝勁十足地說：「我好想看！」
編輯的衝勁，通常會帶動什麼，所以將來說不定會有什麼活動（我跟責任編輯經常以少年陰陽師為最優先，討論種種企劃案）。
題外話，經過封面摺口那番談話後，H部看完這集《憂愁之波》後說：
「最危險的還是昌浩的主角地位，這個結果將活生生地表現在人物排行榜上，好可怕的冥官啊！」

別說是主角昌浩了，連晴明都被吃得死死的。想多了解這位冥府官吏的人，請看角川Beans文庫暢銷熱賣中的《篁破幻草子》系列。

廣告做完了，言歸正傳。

進入後半段。

這次有很長的後記。

常接到讀者來信說「後記很有趣，我很喜歡看」，這次有多出來的篇幅，也為了紀念責任編輯更換，就大量增加了後記的頁數。

我本來提議，既然有這樣的篇幅，乾脆來寫極短篇，但被駁回了，責任編輯說這次是特地為後記留的篇幅。

H：「極短篇可以刊登在雜誌上，或使用在統統有獎的活動上。結城，既然妳這麼有心，我會策畫更多的方案！」

我真是自掘墳墓……

H：「讀者們一定會很開心，結城，妳真的很為讀者們著想呢！」

咦、啊、這……

H：「我也會為了讀者們，積極督促結城。」

這個嘛，呃……

轉換話題。

承蒙大家不嫌棄，《少年陰陽師》的翻譯版已經在台灣、韓國和泰國發行。

我正在想國外的讀者們會是什麼感想時，就收到了來自台灣讀者的信件。

「我不會英文也不會日文，可是無論如何都想寫感想，就用中文寫了。」

信件是這樣開頭，整篇都是中文，密密麻麻的漢字塞滿了一張信紙。而且有很多我不認識的漢字，雖然看不懂，但還是想看。

再怎麼說都是來自國外的第一封讀者信件，我不想放棄。

泰文或韓文就只能舉雙手投降，中文多少還能看得懂一點。

我所使用的武器是文明的利器——網路翻譯服務。

花了三小時，拚命翻譯。

內容好像是說喜歡六合。

幾天後，我告訴H部，我很努力地看完了來自台灣的信件，她回我說：

「老實說，今天又收到了其他台灣讀者的來信。」

「哦，是嗎？可能是因為我在網站日記有提到這件事吧，我還寫了『謝謝信』呢！簽名會時也來了幾位台灣讀者，我好想學會問候語或簡單會話，哪天也想去台灣看看。」

「這次這封信恐怕很難翻譯。」

「咦，為什麼？」

「因為是用中文，密密麻麻地寫滿了五張信紙的正反面，相當於十張。」

「我……我不會放棄……」

我在工作現場提起這件事時，幕後製作人K、配音導演O川和T卷都建議我說：

「何不問問看角川有沒有人可以翻譯？譬如負責海外版權的人。」

希望有這樣的人。

我說過很多次了，收到讀者來信，對我來說是很大的鼓勵。

有四年級女生寫來的信，也有跟小孩子一起閱讀的母親寫來的信。

最多的還是學生，社會人士也有。有人說開始閱讀時還是國中生，今年都踏入社會了。

說不定有一天，會有讀者寫信告訴我，她（他）已經結婚、生子了。

即使沒見過面，也能透過作品認識很多人，真的是很美好的事。

有人每年寫卡片給我；有人在新書出版時就會寫信告訴我感想；有人連續看了好幾年，現在才寫信給我……還有其他很多很多人，每一封每一封我都會很用心、很用心地看。

很多人說喜歡某個人物，這個人物就會多活躍一些。所以說，讀者來信具有很大的影響力。

長期以來，工作進度都排得很緊，有時我會心煩氣躁地大喊：我不要寫了！（苦笑）這種時候，看完讀者來信，我就會振作起來。

責任編輯的最後、最大、最強的武器，就是說：「大家都等著妳的新作出版哦！加油啦，結城。」

我不知道其他作家是靠什麼來提升動力，我個人是上面所說的那樣。

前幾天，碰到好久不見的能幹製作人N川路，人稱「能幹N」，兩人聊起了減肥的事。

因為時間關係，不得不道別，能幹N臨走前丟下一句話說：

「我們在web繼續聊！」
「web?!」
既然他都這麼說了，我也只好寫了。
寫在網站的部落格上。
「能幹N：便利商店的便當所使用的防腐劑吃了會胖，所以最好盡量少吃便利商店的食物。」
幾天後，能幹N看到我的部落格。
「哈哈，這樣啊！我現在正在吃便利商店的便當呢，我完了。」
後來責任編輯聽說這件事，准我當成話題，我就寫了。
跟能幹N或配音導演聊天，總是會不自覺地談到不能在任何地方發表的可笑話題，非常有趣。
對了，關於動畫少年陰陽師的DVD，有附贈新作小說、花絮孫CD等的豪華版，聽說並沒有限定初版。全套購買的特惠活動已經結束，但是，附贈特惠品的豪華版與沒有附贈的普通版，目前都在暢銷熱賣中。
封套都是ASAGI的美麗插畫，光是這些畫就值得一看了。
這次的封面也美到令人讚歎，看得我神魂顛倒，真的很感謝ASAGI。

原作插圖的新周邊商品也出來了，請看少年陰陽師的官方網站。十二神將全都出了周邊商品，我長期以來的願望終於實現了。

http://seimeinomago.net/（PC & Mobile通用URL）

篇幅就快用完了。

玉依篇第二集，大家覺得如何呢？

在場景移到伊勢前，京城發生了不少驚天動地的事。主要人物都離開京城後，就看不到京城組的人了，所以稍微提了一下行成和敏次等人。

以前看不到的當今皇上的性格，也多少看到了一些。站在公家立場的人，很多時候都必須抹殺自己的心，不管在哪個時代，好像都是這樣。

昌浩與彰子之間勉強維持的均衡，已經逐漸瓦解了，兩人將會如何呢？

而等待脩子到達的齋是在想什麼呢？

在架構情節時，深深覺得，《少年陰陽師》的出場人物真的很多。

光主要人物就有三人，十二神將顧名思義就是有十二人，還要加上小怪，其他還有哥哥們等京城組、小妖們、眾神們、道反所有人與敵對的人等等，今後一定還會繼續增加。

在文庫本難有機會露面的人物，我會讓他們活躍於雜誌上。
以年輕時候的晴明為主角的故事正在《The Beans》雜誌連載，也請大家欣賞。
晴明篇歸晴明篇，今後應該還會有種種話題持續下去吧！
在被稱為大陰陽師之前，晴明也經歷過種種事。
爺爺終於開始提起往事了，我會慢慢地呈現給大家看。
唉！想說的話實在太多了，希望今後各位也能陪我繼續走下去。
總之，在此先祈禱可以在下一集順利與大家見面。
但願能如期出版囉……

結城光流

小怪的陰陽講座

⑦這裡所說的「七把刀」是指藏於日本奈良縣天理市石上神宮的鐵劍，全長七十五公尺，左右各分出三把刀尖，再加上中間的刀尖，共七把。

少年陰陽師
貳拾肆
寂靜之瞬
刹那の静寂に横たわれ

全新單元【玉依篇】大爆發！

貳拾貳 無懼之心

神秘敵人作祟？鴨川即將潰堤！
平安京面臨全城淹沒空前危機！

因為太過珍惜，反而太怕失去；
因為渴望無與倫比的堅強，反而變得脆弱。
想要成為真正的勇者，
你得先明白自己畏懼的到底是什麼！

回到平安京，感覺像是回到了一切的原點。這裡有最親愛的家人、合作無間的夥伴，讓人很安心，一個多月前在西方的出雲國與大蛇一決生死時的恐懼，彷彿不曾存在過似地，消逝得無影無蹤，但是安倍昌浩卻總覺得心頭沉甸甸的，好像有什麼地方不一樣了。
難道是因為這陣子京城每天都陰雨不斷的緣故嗎？說來真的很奇怪，竟然連一向神通廣大的高龗神都只說會「努力嘗試」來阻止這場雨，莫非連掌管雨水的祂對此都無能為力？而皇宮上方那片佈滿了奇異漩渦的扭曲天空，又與下個不停的雨有什麼關係？
為了一探究竟，昌浩和小怪再次大膽地闖進皇宮，卻在供奉神器「八咫鏡」的宮殿裡，遇到了一個來歷不明的白髮女人，她既非妖也非神，不但裝扮與十二神將很像，更可以利用雨水展開攻擊！昌浩不禁想起高龗神說過的：「最好早點集合……人手愈多愈好！」深不可測的強大對手、令人憂心的神秘異象，而這一切，似乎都是針對著皇宮而來……

降妖伏魔【窮奇篇】

壹 異邦的妖影

繼《陰陽師》後最熱門的奇幻冒險故事！
已改編成漫畫、動畫、有聲書和廣播劇！

大陰陽師安倍晴明的十三歲小孫子昌浩天生擁有可與祖父匹敵的強大靈力，個性不服輸的他，立志要成為超越晴明的偉大陰陽師！在小怪的守護下，昌浩努力地修行著。一天，後宮突然沒來由地發生了一場大火，而昌浩與小怪竟察覺到一股極不尋常的妖氣……

貳 黑暗的呪縛

日本亞馬遜網路書店五顆星最高評價！

為了尋找擁有純潔靈力的左大臣之女彰子，噬食她的血肉以治癒身上的傷口，異邦大妖怪窮奇率群妖悄悄潛入平安京，而只有昌浩識破了它們的形跡！經過了一番生死激鬥，妖怪們元氣大傷，被昌浩逼回了暗處。然而，此時卻出現兩隻怪鳥妖，向窮奇獻上了奸計……

叁 鏡子的牢籠

安倍昌浩VS.大妖魔窮奇的最終決戰！

經過一場天崩地裂的激烈大戰後，昌浩終於救出了彰子，然而窮奇卻率領著手下神秘消失了。就從這時候開始，京城發生了許多人無緣無故失蹤的「神隱」事件，昌浩懷疑他們是被異邦的妖怪抓走的！為了查出真相，他夜夜和小怪一起尋找窮奇的蹤影。此時，卻傳來了彰子即將入宮的消息……

驚濤駭浪【風音篇】

肆 災禍之鎖

全系列熱賣衝破400萬冊！

在與異邦大妖魔窮奇的決戰之後，昌浩重回當個菜鳥陰陽師的日子。可是他卻被同僚排擠，吃足了苦頭。就在這個時候，藤原行成大人突然被怨靈糾纏，命在旦夕，而晴明的占卜中更出現了詭譎的黑影——原來，怨靈的背後有一個靈力強大的神秘術士在操弄這一切……

伍 雪花之夢

十年前企圖殺害昌浩的神秘主謀再度現身！

自從異邦的妖影被消滅之後便未再現身的高龗神，某日卻無預警地再次附身在昌浩身上，離去前還留下了一句話：「最近恐怕又會有事發生……」被高龗神附身的事，昌浩毫不知情，他更煩惱的是自己消滅了怨靈後，開始每晚做惡夢，夢中有個陰森的東西纏住了他！……

陸 黃泉之風

風音的身世之謎終於揭曉！

被六合救回一命的風音，完全不知道自己差點被宗主害死。為了幫助他開啟「黃泉之門」，風音在京城各處打通了許多連接黃泉的瘴穴。混濁的瘴氣不但讓妖怪變成了噬人怪物，從中吹出的黃泉之風更遮蔽了代表帝王的北極星，凡是與皇室有關的人都被下了死亡的詛咒……

柒 火焰之刃

該殺了紅蓮，解放他的靈魂？還是什麼也不做，眼睜睜看著他被瘴氣所吞噬？！昌浩做出了第三種選擇……

在宗主的指使之下，風音用縛魂術控制了紅蓮的心神，使他完全陷入瘋狂，甚至想要殺了昌浩！原來，宗主的真正目的是要得到紅蓮，利用他的血破除神明封印，然後率領黃泉大軍一舉入侵人間！為了再一次阻止宗主，高龗神賜給了昌浩「弒神的力量」……

血脈揭密【天狐篇】

玖 眞紅之空

昌浩雖然被奶奶若菜救回了一命，卻失去了身為陰陽師絕不能少的靈視能力！儘管如此，看不到鬼神的昌浩卻仍然看得見紅蓮變身的小怪，只是小怪的態度非常冷漠——喪失了過往那一段記憶的小怪，甚至連昌浩的名字都忘記了……

拾 光之導引

安倍昌浩和大哥成親、眾神將一起從出雲啟程回平安京，沒想到才剛回京，就面臨了前所未見的衝擊！一向身體硬朗的祖父晴明竟然臥病在床！難道晴明的大限快到了？昌浩一心一意記掛著祖父的安危，卻沒發現在暗處有對鉛灰色的眼睛正冷冷看著這一切……

拾壹 冥夜之帳

為了殺死天狐晶霞，邪惡的天狐凌壽故意攻擊晴明，引誘晶霞現身。還在病中的晴明因此變得更加虛弱，只要再用一次離魂術，他就會死！就在這時，神秘和尚將矛頭指向了昌浩！眼看孫子有了生命危險，晴明顧不得自己的性命，決定再用最後一次的離魂術……

拾貳 羅刹之腕

曾經一度瀕死的晴明總算天命未盡，但卻因為傷勢太重而昏迷不醒，靈魂無法回歸肉身。再這樣下去，他的魂與魄很可能會分離，甚至再也回不來！然而，「離魂術」只有晴明自己才能解除，連法力高強的十二神將都束手無策……

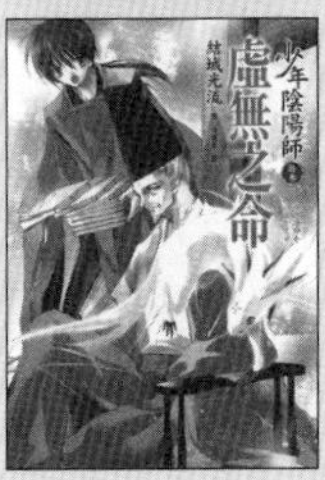

拾叄 虛無之命

在章子內心愈積愈深的怨恨，讓羅刹有機會趁虛而入，將她變成了惡念的化身，更波及了彰子。彰子因此強忍窮奇詛咒的折磨，代替章子進入了皇宮寢殿！而為了陷入昏迷的祖父晴明，昌浩必須趕快找到天狐凌壽，取得天珠以延續晴明的生命……

生死極限【珂神篇】

拾伍 蒼古之魂

大鬧京城的異形羅剎和天狐淩壽被消滅之後，昌浩終於過起了平靜的生活，可是一個不祥的夢兆卻打亂了一切！在黑暗的夢境中，他看見無數詭異的紅色光芒，光芒的背後有火焰熊熊燃起，令他感到毛骨悚然。這真的只是夢嗎？還是陰陽師的預感？……

拾陸 玄妙之絆

自稱是「跟隨這片大地真正王者」的神秘人物真鐵，竊取道反大神之女風音的遺體，植入了自己的靈魂，任意操縱風音強大的靈力，連最強的鬥將紅蓮也敵不過！昌浩遭到真鐵和妖狼的無情攻擊，陷入垂死邊緣，身受重傷的神將們只能眼睜睜看著他被真鐵帶走……

拾柒 眞相之聲

昌浩被真鐵運用風音的靈力殺成了重傷，一度昏死了過去，幸虧遇到了一個叫「比古」的少年把他從鬼門關前救了回來。年紀相仿的兩名少年一見如故，感覺很投合，沒想到，當兩人再次相見時，卻發現彼此是對立的敵人！……

拾捌 嘆息之雨

茂由良死了！珂神比古最忠實的夥伴、最親密的好友茂由良，被神將勾陣的筆架叉殺死了！然而，望著眼前這具僵硬的軀體，珂神卻只是露出冷冷的微笑，還有那冷冷的眼神……不，那不是茂由良最喜歡的珂神——彷彿突然之間，珂神比古變成了另一個人！……

貳拾 無盡之誓

過去的一切，由此開始，未來的一切，也將在此結束——在荒魂為了毀滅這世界而甦醒的山峰下，在九流族充滿不甘心的怨恨中，在多由良、茂由良兄弟相挺的情義中，在刺穿彰子胸口的那把無情刀刃上！……

【短篇VS.番外秘話】

捌 夢的鎮魂歌

《少年陰陽師》第一本番外短篇集！

本集是《少年陰陽師》系列靈感的原點！收錄了〈吹散記憶迷霧〉、〈追逐妖車軌跡〉、〈夢的鎮魂歌〉和〈玉帚掃千愁〉四個高潮迭起的短篇故事，充分展現了不同於正傳的極致魅力，每一個故事都出人意料地精采，不容錯過！

拾肆 竹姬綺緣

安倍家三兄弟斬妖除魔最初話！
成長秘辛、結婚花絮首度公開！

藤原道長的兒子鶴公子被妖魔纏身，安倍家三兄弟奉命保護他，沒想到鶴公子和姊姊彰子完全不一樣，是個超級任性的大少爺……時間推回到十年前，人稱「竹取公主」的藤原家族千金對安倍成親一見鐘情，兩人甜甜蜜蜜的結婚花絮大公開！

拾玖 歸天之翼

「異邦的妖影」現身京城！而人類的命運，
全指望這個13歲的菜鳥陰陽師？

大陰陽師安倍晴明的接班人，如今還是陰陽寮裡最基層的直丁，勤快工作的樣子，完全看不出來才剛剛經歷過與異邦大妖魔「窮奇」的生死決戰！然而，正當他以為可以安心時，竟然又見到了應該已死於「降魔劍」的窮奇和它的手下！不同的是，這個窮奇全身漆黑，所擁有的妖力甚至比過去更強、更深不可測…………

貳拾壹 幽幽玄情

首度揭開十二神將的真情世界！

結城光流大筆一揮，欽點熱情奔放的「小蘿莉」太陰、古板拘謹的「小正太」玄武，讓他們分別遇上了此生最難忘的幽幽玄情！但是一個少根筋、一個又太ㄍㄧㄥ，令人為他們捏一把冷汗……而比古神竟然想娶風音為妻？！「省話一哥」六合這下再也無法沉默，為了保護風音，他決定再次賭上自己的命！

國家圖書館出版品預行編目資料

少年陰陽師.貳拾叁.憂愁之波 / 結城光流著；涂愫芸譯. -- 初版. -- 臺北市：皇冠, 2011.1
面;公分. --(皇冠叢書；第4069種 少年陰陽師；23)
譯自：少年陰陽師 愁いの波に揺れ惑え
ISBN 978-957-33-2752-3(平裝)

861.57 99023878

皇冠叢書第4069種
少年陰陽師 23

少年陰陽師——憂愁之波

少年陰陽師
愁いの波に揺れ惑え
Shounen Onmyouji ㉓ Urei no Nami ni Yuremadoe

作　　者—結城光流
譯　　者—涂愫芸
發 行 人—平雲
出版發行—皇冠文化出版有限公司
台北市敦化北路120巷50號
電話◎02-27168888
郵撥帳號◎15261516號
皇冠出版社(香港)有限公司
香港上環文咸東街50號寶恒商業中心
23樓2301-3室
電話◎2529-1778 傳真◎2527-0904
出版統籌—盧春旭
責任編輯—丁慧瑋
版權負責—莊靜君
日文編輯—蔡君平
美術設計—黃惠蘋
行銷企劃—李嘉琪
印　　務—林佳燕
校　　對—鮑秀珍・陳秀雲・丁慧瑋
著作完成日期—2008年
初版一刷日期—2011年1月

法律顧問—王惠光律師

讀者服務傳真專線◎02-27150507
電腦編號◎501023
ISBN◎978-957-33-2752-3
Printed in Taiwan
本書特價◎新台幣199元/港幣67元